KB196175

미안해 널 미워해

미안해 널 미워해

『정년이』 원작자가 쓴 유난한 사랑의 목록

1판 1쇄 인쇄	2024년 11월 20일
1판 1쇄 발행	2024년 11월 25일

지은이	서이레
펴낸이	정은숙
펴낸곳	마음산책

담당 편집	김수경
담당 디자인	한우리
담당 마케팅	권혁준 · 김은비
경영지원	박지혜

등록	2000년 7월 28일(제2000-000237호)
주소	(우-04043) 서울시 마포구 잔다리로3안길 20
전화	대표	362-1452 편집	362-1451 팩스	362-1455
홈페이지	www.maumsan.com
블로그	blog.naver.com/maumsanchaek
트위터	twitter.com/maumsanchaek
페이스북	facebook.com/maumsan
인스타그램	instagram.com/maumsanchaek
전자우편	maum@maumsan.com

ISBN	978-89-6090-902-1 03810

* 책값은 뒤표지에 있습니다.

『정년이』 원작자가 쓴
유난한 사랑의 목록

미안해 널 미워해

서
이
레
산
문

마음산책

세상이 영감이라고 부르는 것들은
이미 내 속에 있어야 한다.
창작을 마음먹은 바로 '그 사람'이 영감이다.

삶을 보고 만지고 문질러서

어느 늦봄 혹은 초여름. 서울 마포구에 있는 멋진 건물에서 산문집을 만들기로 약속했다.

그때 나는 내가 어떤 사람인지 몰랐다. 산문이 무엇인지도. 산문집을 내면 재미있겠다는, 흥미 본위의 마음만 있었다. 저질러놓으면 미래의 내가 어떻게든 하겠지. 어른이라고 불릴 나이가 되었는데도 이토록 계획성이 없다. 하루하루 마감이 다가왔지만 나는 한참 동안 산문을 생각하지 않았다.

마침내 이제는 정말로 미룰 수 없는 날이 왔다. 주섬주섬 기획회의 때 쓴 아이템 리스트를 꺼냈다. 그래. 이걸 쓰면 되겠지. 금방 쓰겠네. 완전 쉽네. 텅 빈 문서프로그램 창, 깜빡이는 커서. 속절없이 흐르는 시간……
나는 아무것도 쓰지 못했다.

픽션이 잘 꾸민 거짓말이라면 산문은 거짓말 같은
삶이다. 거짓말이라면 자신 있다. 그럴 듯한 거짓말을
몇 편 써서 사람들 앞에 내놓기도 했다. 하지만 산문은
다르다. 내 삶에 대해 거짓말을 할 수는 없지 않은가.
부지런히 자기 삶을 보고 만지고 문질러 빛을 낼 줄 아
는 사람들이 산문을 쓴다. 평소에 생각 좀 하고 살걸.
책도 많이 읽고 작품도 많이 볼걸. 내게는 글로 써 보
여줄 만한 삶이 없었다. 산문을 쓰면서 비로소 알았다.

산문엔 대체 무슨 내용을 담아야 할까. 수빈은 아무
내용이 없어도 된다고 했다. 오늘 먹고 마시고 본 것을
쓰라고 했다. 매일 먹는 열무김치에 대해서도 쓰고 고
양이와 하루 종일 침대에 누워 있던 날에 대해서도 쓰
라고 했다. 석영 씨와 혜진은 질문을 주었다. 그간 나에
게 궁금했던 것들, 사람들이 궁금해할 만한 것들이 무
엇인지 알려주었다. 엄마는 자기는 괜찮지만 다른 어

른들 욕은 하지 말라고 했다. 평소에 그렇게 욕을 많이 하는 것도 아닌데……

첫 웹툰 대본을 쓰기 시작한 날로부터 9년이 흘렀다. 9년 전에 한 생각과 9년 동안 한 생각을 여기 담았다. 별 내용 없어 보이는 글도 있지만, 쓰면서 떠오른 질문은 피하지 않고 답하려 노력했다. 돌이켜보면 산문 쓰기란 질문에 끊임없이 답하는 것이었다. 나는 왜 이야기를 쓰기 시작했을까, 왜 하고많은 이야기 중 웹툰을 쓸까, 왜 이렇게 외골수일까. 스스로 묻고 스스로 답했다. 책꽂이의 나뭇결무늬나 어깨 뒤에 난 점처럼, 평소엔 거기 있는 줄도 몰랐던 나를 찾아냈다.

신기하게 산문은 조금이라도 거짓말을 하거나 꾸미려 들기 시작하면 한 글자도 더 쓸 수 없었다. 체면이 몸과 정신을 지배한 나 같은 사람에게 참으로 난감한 일이었다. 하는 수 없이 솔직하게 썼다. 욕도 덜 하려고 노력했다.

쓰면서 답하지 못한 질문이 딱 하나 있다. 이걸 누가, 왜 읽을까? 쓰기에만 집중하느라 독자는 미처 생각하지 못했다.

나는 "나 혼자도 너무 많은 것 같이 생각하"는 날이면 소설을 읽는다. 시를 읽고 산문을 읽는다. 좋은 문장을 읽으면 마음이 든든해지고 영혼이 차오른다. 내 산문이 그런 글이 될 수 있다면 얼마나 좋을까. 바라고 또 바라는 일이지만 나는 안다. 내 문장은 그렇게 좋지 않다는걸.

다만 나는 외롭고 불안한 사람이다. 타고난 성정 때문인지 직업 때문인지, 그것도 아니면 끊임없는 경쟁으로 굴러가는 한국 사회 때문인지는 모르겠다. 나는 이미 오래전 미래를 계획하길 포기했다. 10년 단위의 미래는커녕 당장 내년에 뭘 하고 있을지도 확신이 안선다. 감히 말하자면 나는 외로움과 불안을 안다. 그런 사람이 쓴 산문이다. 나와 비슷한 사람들이 읽고 덜 외로워진다면 좋겠다.

'모듬정식' 친구들이 고생이 많았다. 글을 쓰다 막히

◟   백석, 「남신의주 유동 박시봉방」.

면 나는 마트 장난감 코너에서 떼쓰는 어린애처럼 글감을 내놓으라고 호통을 쳤다. 친구들은 그런 나를 떠나지 않고 인내심을 보여주었다. 특별히 글 몇 편을 함께 봐준 진리, 혜진, 혜윤, 은수, 수빈에게 고맙다.

석영 씨는 아픈 와중에도 글을 읽어줬다. 그는 내가 아는 사람 중 손꼽게 문학을 사랑하고, 또 그 손꼽은 사람 중 가장 읽기를 즐긴다. 어떤 글을 가져다주든 좋은 부분을 찾아낼 사람이다. 이런 사람과 쓰기를 함께 할 수 있어 기뻤다.

우리의 추억을 흔쾌히 글로 쓰도록 허락한 친구들에게도 감사하다. 덕분에 더 풍성한 이야기를 할 수 있었다. 나몬 언니는 웹툰 작업을 할 때 그랬듯 '재미있다'고 해줬다. 언니가 재미있다고 하면 신기하게도 정말 그런 것 같다. 의심할 수 없다.

마지막으로 매번 꼼꼼하게 원고를 읽어주신 편집자 수경 님께 감사하다. 수경 님은 나를 들볶지 않고도 글을 쓰게 만들었다.

다 쓰고 난 지금도 여전히 산문 쓰기는 어렵다. 산문

을 쓰기에 나는 너무 게으르다. 삶을 구석구석 쓸고 닦지 못한다. 하지만 내 삶 어느 부분은, 보고 만지고 문질러 빛을 낼 만한 것이었다. 산문을 쓰면서 비로소 알았다.

이 서문을 쓰는 동안에도 덕만이는 캣 폴 위에 올라가 내가 일을 마치길 기다리고 있다.

2024년 11월
이레

차례

ᒲ 일러두기

• 외국 인명·지명·독음 등은 외래어표기법을 준수하되 '츠키노 우사기'와 같이 관용적인
  표기와 동떨어진 경우 절충하여 실용적인 표기를 따랐다. '삼마이', '가다끼'와 같은 공연
  및 촬영 현장에서의 일본식 용어 또한 되도록 실제 사용되는 표기를 따랐다.
• 웹툰·만화·책 제목은 『 』, 논문 제목·편명은 「 」로, 잡지·신문·애니메이션·TV 프
  로그램·앨범 제목은《 》로, 게임·노래·영화·공연 제목은〈 〉로 묶었다.

1

균열 내는 사람

그림을 못 그리는 웹툰작가

『정년이』 연재를 마친 기념으로 네이버 웹툰 PD님이
저녁 식사를 제안했다. 분당까지의 이동은 소풍을 가는
것 같아 꽤 재미있다. 가벼운 마음으로 수락했다.

약속 장소에는 PD님이 먼저 와 있었다. 감사하게도
백합 꽃다발을 선물받았다. PD님과 가볍게 포옹하고
인사를 나눴다. 나몬 언니는 아직 도착하기 전이었다.
꽃을 구경하고 있는데, PD님이 조심스레 물었다. "그
런데 혹시…… 나몬 님이랑 싸우신 건 아니죠?"

이게 무슨 소리? 혹시 언니가 나에게는 말하지 못한
섭섭한 점이 있었던 걸까? PD님은 깜짝 놀라는 내 반
응을 보고 더 놀랐다. "아니, 다른 이유가 있어서는 아

니고요! 혹시 두 분 사이가 안 좋으신데 눈치 없이 약속을 잡은 건 아닌가 해서요."

그제야 질문이 이해가 갔다. 협업하는 작가들은 종종 연재를 마무리한 후 두 번 다시 얼굴도 안 보는 사이가 되곤 한다. 작가라는 족속들은 고집 하면 어디 가서 안 진다. 작품에 있어서는 더더욱 그렇다. 그런 사람 둘 이상이 모여 한 작품을 만들기란 쉽지 않은 일이다.

게다가 웹툰은 창작 특성상 실내에서 혼자 작업하는 경우가 많다. 의견은 메일이나 문자, 카톡으로 교환한다. 안 그래도 예민한데 몸짓언어 없이 텍스트로만 건조하게 주고받는 의견은 오해를 불러일으키기 쉽다.

뭐 그 외 이런저런 이유로 협업은 어렵다고들 하는데…… 나는 정반대다. 나는 협업이 좋다. 협업을 사랑한다.

활동가 박희진이 쓴 인터뷰집 『그리고, 터지다』에는 다섯 명의 만화가가 등장한다. 그들은 자신이 왜 만화를 그리게 되었는지, 어떤 만화를 그리는지 설명한다. 저마다 다른 사연이 있고, 다른 작품을 그린 작가들이지만 공통점이 하나 있다. 다들 어린 시절 교과서 귀퉁이에 낙서를 끄적였다는 사실이다. 그러다가 점점 그림에 재미를 붙이고 푹 빠져들었다.

나돈데! 교과서에만 그렸겠는가? 시험지, 책상, 연습장 가리지 않고 연필과 그릴 곳만 있으면 그렸다. 대부분 미소녀였고 대부분 정면을 보았으며 대부분 목까지만 그렸다. 교과서를 둥둥 떠다니는 수많은 미소녀의 머리……. 나는 미소녀들에게 팔다리를 그려주지 않은 대가—더 자연스러운 인체를 그리기 위해 노력하지 않은 대가—로 영원히 사람 그리는 방법을 터득하지 못했다.

그래도 만화가 좋았다. 정확히는 비장한 이야기가 좋았다. 텔레비전 애니메이션 《세일러문》 2기 앞부분에는 주인공 츠키노 우사기가 세일러 전사로서 기억을 되찾는 과정이 나온다. 각성을 마친 우사기는 멋지게 적을 격파한다. 세일러문의 귀여운 파트너, 검은 고양이 루나가 기뻐하며 우사기를 찾아온다. 그러나 우사기는 루나와 함께 승리를 자축하지 않는다. 우사기는 혼자 쪼그려 앉아 도시의 불빛을 내려다본다. "평범한 우사기, 안녕." 이 소녀가 뿜어내는 비장미를 보라. 미래 우주를 관장할 세일러 요정다운 기개다.

내가 즐겨 읽은 만화 속 주인공들은 대부분 비장했다. 그들에게 닥친 사건이 비장했고 사건을 대하는 그들의 태도가 비장했다. 세상을 구하거나 친구를 구하거나 자기 목숨을 구하거나……. 비장한 주인공은 비장한 태도로 비장한 목표를 이룬다. 그리고 마침내 평범해진다. 처음에 그랬듯이.

일상으로 돌아온다는 점이 이 비장함에 방점을 찍는다. 우주를 지킨 영웅이라도 우리 사이에 들어온다. 그도 우리 중 하나다. 그 말은 나도 그들 중 하나가 될 수 있다는 뜻이다. 눈물 나게 감동적이지 않은가. 누구나 영웅이 될 수 있다니. 폭식하듯 만화를 탐독하던 나는, 드디어 만화를 만들고 싶어졌다.

내가 다니던 고등학교에도 만화 동아리가 있었다. 나름 역사가 깊은 동아리였다. 1년에 한 권씩 앤솔러지를 발간했다. 재능에 열정까지 있던 선배 언니들은 서울코믹월드 같은 행사나 고등학교 만화 동아리 교류전 따위에 앤솔러지를 출품하기도 했던 것 같다. 앤솔러지에는 무조건 모든 동아리 부원이 한 작품씩 참여해야 했다. 그림을 못 그리는 나도 예외는 없었다.

물론 나는 너무나 작품을 만들고 싶었다. 보고 싶은 이야기도 있었다. 고민 끝에 같은 동아리의 양예와 황을 찾아갔다.

양예와 황. 두 사람 모두 중학교를 같이 다닌 '오타쿠'들이었지만, 양예는 '이 애가 만화 동아리에 왜?'라는 생각이 들 정도로 성실하고 모범적이며 비非오타쿠 같은 면이 있었다. 너무 건강하다고 해야 하나. 오타쿠라면 모름지기 '음침음험'한 욕망을 갖고 있어야 하는데 양예에게서는 밝고 건강한 에너지만 느껴졌다. 양예가 오타쿠 같을 때는 오직 그림을 그릴 때뿐이었다.

그에 반해 황은 오타쿠 중의 오타쿠, 오타쿠의 왕, 오타쿠의 지배자, 그런 칭호가 어울리는 친구였다. 가장 먼저 만화방 신간을 휩쓰는 사람이자 구체관절인형에 옷을 직접 만들어 입히는 사람이었고, 마커나 펜 같은 도구를 수준급으로 다루는 능력자이기도 했다.

나는 두 사람의 그림이 좋았다. 황의 그림에는 군더

더기가 없었다. 아주 화려한 캐릭터를 그릴 때도, 극도로 제한적인 디자인의 캐릭터를 그릴 때도, 언제나 알맞게 담아냈다. 양예가 그리는 인물들은 양예와 닮아 맑았다. 곧게 그은 인체 선과 동글동글한 얼굴 표현이 『강철의 연금술사』를 그린 아라카와 히로무를 연상시켰다.

그림을 그려달라 조르면 두 사람은 빼는 법이 없었다. 이 착한 심성을 이용할 속셈이었다. 나는 양예와 황에게 같이 앤솔러지 작품을 그리자고 제안했다. 햇볕이 따가워지기 시작한 어느 여름이었다.

이해관계가 잘 맞아떨어졌다. 양예와 황 모두 작품을 그리려고 해도 딱히 떠오르는 이야기가 없어 고민하던 참이었다. 스토리는 내가 맡고, 두 사람이 그림을 맡았다. 내가 어설픈 그림 콘티까지는 그려보겠지만, 작화를 할 때 그대로 그릴 필요는 없다고 강조했다. 난 그림을 못 그리니까. 두 사람이라면 더 좋은 구도와 연출을 떠올릴 수 있을 터였다. 우리는 스토리에 대해 합의를 마치고 각자 작업에 착수했다.

그 여름은 참 빠르게 지나갔다. 우리 학교는 여름방

학에도 수업과 자습을 이어갔다. 오전 수업은 듣는 둥 마는 둥 했다. 수능 문제 따위에 집중하기엔 창작이 너무 재밌었다. 수업을 듣는 척 볼펜을 놀리기도 했지만 공책에는 수업과 아무 상관 없는 만화 스토리가 가득했다.

자습 시간이 되면 본격적으로 콘티를 짰다. 쉬는 시간 틈틈이 양예와 황을 찾아가 진행 상황을 확인했다. 점점 완성되어가는 원고를 보면 가슴이 설레었다. 목이 뻐근해질 때까지 콘티를 그리다가 고개를 들어보면 반 친구들은 벌써 땡땡이를 치고 없었다. 붉은 노을빛만 가득한 텅 빈 교실. 그리고 나. 저녁에는 원고 뭉치를 들고 기숙사로 향했다. 아침부터 밤까지. 하루 종일. 만화만 쓰고 그렸다.

이쯤이면 우리가 여름 내내 구슬땀을 흘려가며 만든 이 작품이 전국 대회에서 무슨 무슨 상을 받았고 우리는 노력의 결실에 감동받아 만화작가가 되기로 마음을 먹었다는 전개가 이어져야 할 텐데. 아무 일도 일어나지 않았다. 우리 만화는 어느 해 어떤 고등학교 만화 동아리 앤솔러지에 실렸다. 그뿐이었다. 지금은 내가 무슨 이야기를 썼는지도 가물가물하다. 미숙하고 어색한 이야기였으리라.

하지만 두근거림, 완성한 원고와 처음 마주했을 때의 두근거림만큼은 아직도 선명하다. 내 이야기를 누군가 읽고 그려주다니, 만화로 만들어주다니! 나에게 만화란 상상할 수 있는 가장 부유한 부자의 저택 같은 것이었다. 내가 가서 구경은 할 수 있지만 내 것은 절대 될 수 없었다. 그런 저택 한 귀퉁이에 내 손으로 타일 한 장 깔아본 것이다. 눈물 나게 좋았다. 어떤 작품인지는 중요하지 않을 정도로.

웹툰 스토리작가 제안을 받고 동아리 앤솔러지가 가장 먼저 떠오른 것은 당연하다. 거절할 이유가 없었다. 협업 과정은 앤솔러지 원고 작업 과정과 비슷했다. 전체 이야기를 완성해서 그림작가에게 보여준다. 서로 충분히 대화한다. 이해되지 않는 줄거리에 대해 의논도 하고, '얘는 노래방에 절대 안 가겠죠?' 따위의 소소한 질문을 던지기도 한다. 다른 스토리작가라면 슥슥 그래서 보여주고 끝날 부분도 나와 작품을 하려면 끊임없이 대화해야 한다. 그림을 못 그리니까!

우리가 같은 방향을 향해 작품을 끌고 간다는 확신이 들면 그때 줄거리를 확정하고 대본을 쓴다. 그림작가는 대본을 보고 콘티와 작화에 들어간다. 대본에 대해 의문점이 생기면 질문하고 수정한다. 나도 콘티와 작화에 종종 수정을 부탁한다. 대부분은 그림작가의 선택에 따른다. 그림작가도 스토리에 관해서는 내 선택을 존중해준다. 내가 그림을 못 그리는 덕에 우리는 서로에게 믿음이 생길 때까지 함께 이야기를 충분히 상상할 수 있다.

나몬 언니는 식사 시간에 늦지 않게 식당에 도착했다. 밥을 먹으면서 PD님의 기우에 대해 말해주었다. 언니는 눈을 휘둥그레 떴다가 웃었다. 이날 일은 협업에 대해 설명할 때 애피타이저로 써먹고 있다. 여기까지 쓰고 나니 조금 걱정이 된다. 알고 보니 그림작가님들이 나에게 말 못 할 불만을 품고 있던 것은 아닐까? 자신만만하게 시작한 도입부가 부끄러워진다. 혹시라

도 불만을 느꼈던 분이 계시다면 조용히 연락해주세
요. 맛있는 밥과 술을 대접하겠어요.

사랑받고 싶어서

　이런 말을 하면 비웃음을 사겠지만, 어떤 소주 맛은
달다. 아니 진짜로.

　참이슬 소주는 오리지널과 프레시 두 종류가 있다.
빨간 뚜껑(오리지널)은 파란 뚜껑(프레시)보다 조금 더
독하다. 과 학생회장 선거에서 그야말로 참패한 뒤, 편
의점에서 참이슬 오리지널 두 병을 샀다. 반지하 하숙
집은 오로지 과 동기가 거기 산다는 이유만으로 선택
한 곳이었다. 불을 끄면 어디선가 바퀴벌레가 사사삭
나타나고, 남자들이 담배를 피우다가 창문 안쪽을 들
여다보곤 했던 집. 그 방에 부용과 내가 빨간 뚜껑 참
이슬 두 병을 사이에 두고 앉았다. 나는 엉엉 울었다.

나의 대학교 2학년은 학생회 활동으로 전부 설명할 수 있다. 1학년을 마친 겨울방학. 뭘 하긴 해야 하는데 뭘 해야 할지 모르겠어서 그저 뭐라도 해야 할 것 같은 기분에 휩싸여 있던 어느 날이다. 학교 홈페이지에서 학생회 임원 모집 공고를 발견했다. 어쩌다 과 대표 비슷한 것을 맡았다 보니 학생회라면 친근했다. 마땅히 할 일도 없는데 학생회 임원이라도 하면 재미있지 않을까, 짧은 고민 끝에 지원서를 제출했다. 그때 나는 재미있을 것 같다는 판단이 들면 망설이지 않았다.

　학생회 생활은 나와 잘 맞았다. 적당한 감투, 존경받는 선배 역할, 교수님과의 교류…… 내가 원하는 대학 생활과 꼭 맞아떨어졌다. 여름이 저물 무렵, 나는 1년 더 학생회를 하기로 마음먹었다. 이번에는 학생회를 이끄는 사람으로.

　선거에서 떨어지고 나니 모든 것이 부끄러웠다. 조잡한 선거공보물, 더 치열하게 고민했다면 좋았을 공약들, 성기게 짠 강의 방문 유세 일정, 주제를 모르고 회장 자리에 덤빈 나 자신까지도. 나중엔 분했다. 내가 하고 싶었는데. 학생회장이 되어서 언니들의 뒤를 따르고 싶었는데. 과를 위해 일하는 그들처럼 나도 당신들에게 도움이 되는 사람이라고 증명하고 싶었다. 사랑받고 싶었다.

돌이켜보면 부용은 당황스러웠을 것 같다. 당황스러웠겠지. 불러서 왔더니 강소주를 마시는 자리였다니. 눈앞에서 친구란 애는 술 먹다 울고 울다 술 먹고. 다정하게도 부용은 도망가지 않고 끝까지 패배자를 위로해주었다. 다음 날, 나는 숙취 하나 없이 잠에서 깼다. 잔인할 정도로 명징한 정신과 개운한 마음으로 뒤늦게 패배를 받아들였다.

광고홍보학, 경영학, 디자인 등 3학년이 되자 동기들은 대부분 복수전공을 선택했다. 주전공만으로는 취업하기 어렵다는 판단 때문이었다. 내 생활은 2학년 때와 크게 다르지 않았다. 책을 읽고 소설을 썼다. 듣고 싶은 수업을 듣고 아르바이트를 했다. 그때까지 내게는 막연한 확신이 있었다. '난 작가가 된다.' 소설가든 시인이든 상관없었다. 뭐든 쓰면 그걸로 먹고살 수 있으리라 믿었다. 조곤조곤 낮은 목소리로 멋진 말을 읊조리는 작가들이 부러웠다. 작가는 인기도 많고 존경받는 것처럼 보였다. 작가가 되고 싶었다. 인정받고 싶었다. 사랑받고 싶었다. 학생회장이 되고 싶었던 것처럼. 왜 이렇게 스스로를 과대평가하고 살았지? 그런데 그랬다. 먹고살기 힘든 줄 모르고 간땡이가 부어 있었다. 부은 간만이 내 무기였다.

3학년을 마친 나는 학생회장도 작가도 아니었다. 그 흔한 토익 점수나 컴퓨터 자격증, 심지어 운전면허증도 없었다. 학부 생활 내내 읽은 책들과 소설 몇 편 그리고 이제는 좀 덜 부은 간, 그게 내가 손에 쥔 것들이었다. 그 상태로 졸업할 수는 없었다. 주변을 둘러보니 다들 휴학 중이었다. 그래. 나도 휴학이 필요해. 그런 거야. 절대 이대로, 아무것도 아닌 채로 졸업할 순 없어.

휴학한 동기들은 토익학원을 다니거나 어학연수를 떠났다. 해외 봉사를 가기도 하고 인턴 프로그램에 참여하기도 했다.

나는 그냥 누워 있었다. 막 새로운 하숙집으로 이사

한 참이었다. 햇볕이 잘 들고 바퀴벌레도 없는 방이었다. 대신 그 방에서는 딱 두 가지만 할 수 있었다. 눕거나 앉거나. 학교에 가지 않으니 책상 앞에 앉을 일이 없었다. 홀로 관 같은 방에 누워 잠을 잤다. 별다른 목적 없이 휴학을 했으니 할 일도 없었다. 평생 해본 적 없는 휴대폰 게임을 다운받았다. 캐릭터 수집형 게임이었다. 가챠 시스템으로 랜덤하게 캐릭터를 뽑을 수 있었다. 당연히 좋은 캐릭터가 나올 확률은 극악이었다. 그런데도 게임을 멈출 수 없었다. 게임 안에는 목표가 있었다. 일일 이벤트, 스토리 진행, 더 강한 캐릭터 육성하기, 재화 모으기……. 목표를 달성하면 그에 따른 보상이 즉각 주어졌다. 현실에서는 어떤 목표도 보상도 없었는데. 나는 밤새도록 게임을 하고 하루 종일 잠을 잤다.

가끔 모임에 나갔다. 모임원들을 걱정시키고 싶지 않았다. 읽어야 하는 책과 써 가야 하는 글은 모두 읽고 썼다. 모임을 마치고 돌아온 직후에는 조금 힘이 났다. 그 힘으로 무엇을 해야 할지는 알 수 없었다. 나는 그저 글을 계속 쓰고 싶었다. 이야기를 만들어서 사람들에게 보여주고 싶었다. 하지만 어떻게 할 수 있는지를 몰랐다. 이제 나도 돈을 벌어야 하는데, 누가 내 글에 돈을 쓴단 말인가. 소설가로 성공하기가 어디 보통 어려운가. 다른 글을 써야 하나(무슨 글을 쓰지?). 다른 직업을 갖고 글은 취미로 써야 하나. 집 안에 잘못 들어온 무당벌레가 방향을 잃고 헤매다 기력이 다해 천천히 멈추는, 그런 기분으로 하루하루를 보냈다.

그날도 자다가 깼다. 이사하고 한 달 정도 지난 어느 날이었다. 카톡이 쌓여 있었다. 수학여행 가는 학생들이 탄 배가 가라앉았다고 했다. 다행히 사람들은 모두 구조된 듯했다. 다시 잠들었다가 일어났을 때는 온 세상이 함께 가라앉고 있었다. 2014년 4월 16일이었다.

모두 서로 다른 삶 속에서 그날을 기억한다. 나의 은사님은 눈앞에서 배가 침몰하는 동안 아무것도 하지 못하고 지켜만 봐야 했던 무력감과 모멸감을 기억한다. 그 전해에 제주도로 수학여행을 다녀왔던 고등학생 영은 공포를 느꼈다. 나는 오롯한 분노를 떠올렸다. 어떤 사람들은 참사와 자신을 분리했다. 심지어는 미위했다. 참사가 자신이 가져야 할 무언가를 훔치기라도 한 것처럼. 그들은 희생자뿐만 아니라 나를, 인간을 모욕하고 있었다. 휴대폰을 끌어안고 하루 종일 뉴스와 트위터(현 X)만 봤다. 안 그래도 집 밖을 나가지 않았는데 더더욱 방에 틀어박혔다. 입술이 붙은 사람처럼 말 한마디 하지 않고 보내는 하루하루가 쌓여갔다. '어떻게 살아야 하지?' 같은 의문이 들었다. 살 자신이 눈곱만큼도 없었다. 왜 살아야 하는지, 뭘 써야 하는지 몰랐다. 더 이상 사랑받고 싶다는 달콤한 마음만으로는 글을 쓸 수 없었다.

괴로워하는 순간에도 시간은 흘렀다. 휴학을 신청하고 반년이 지났다. 순식간에 여름이 되었다. 하숙방에는 에어컨이 없었다. 나는 한창 더운 낮에는 에어컨이 빵빵한 카페에 하루 종일 있다가 해가 떨어지면 방으로 돌아왔다. 2학기 휴학 신청 기간이 성큼성큼 다가왔다. 이제는 진짜 뭔가를 해야 한다는 위기감이 들었다. 돈, 돈을 벌어야 한다! 작가고 학생회장이고 나발이고. 돈을 벌어서 나도 인간쓰레기가 아니라 한 사람 몫을 해낼 줄 안다고 증명해야 한다!

함께 영화 모임을 하던 란 언니가 영화 아카데미를 다니기 시작했다. 영화는 대학에서 배워야 하는 줄 알았는데. 집에 돌아와 검색해봤다. 생각보다 세상에는 무언가를 가르쳐주는 곳이 많았다. 아카데미, 교육원, 머시기 센터…… 모두 취직을 시켜준다고 유혹했다.

영화는 매력적이었지만 배우기엔 망설여졌다. 영화 과에 다니는 친구가 졸업 작품을 찍으려고 1년 동안 아르바이트를 한 선배 이야기를 들려준 적이 있다. 돈이 너무 들었다. 그럼 드라마? 당시 내가 본 드라마는 한 손에 꼽을 정도로 적었다. 아니면 방송작가? 《무한 도전》도 안 본 사람에게 방송작가라…….

그러다가 스토리텔링 수업을 발견했다. 한겨레교육문화센터에서 개설한 강의였다. 영화도 드라마도 소설도 아니고 스토리텔링을 가르쳐준다니. 뭘 쓰긴 써야 하는데 뭘 써야 할지 모르는 나 같은 사람에게 딱이었다. 수강료가 걸렸다. 아르바이트를 하는 휴학생에게는 큰 금액이었다. 주저주저하다 엄마에게 부탁했다. 꼭 갚겠다고 약속하고 돈을 받았다.

수업은 재미있었다. 직장인을 대상으로 하는 강의여

서 시간대는 저녁이었다. 피곤하거나 가기 싫은 날도 있었지만, '시간당 수강료 3만 원'이라는 생각을 하면 저절로 몸이 움직였다. 과제를 하기 위해 조그만 넷북을 끼고 카페를 이곳저곳 돌아다녔다. 종강 즈음 기획서 한 편을 완성했다. 영화도 드라마도 소설도 아닌, 어떤 매체로 풀어내야 할까 고민되는 이야기였다. 한 에이전시에서 웹툰 제작을 제안해왔다. 나는 천천히 기획서를 다시 읽어보았다. 그래, 이건 웹툰이네. 영화도 드라마도 소설도 아니고, 웹툰.

종강 전에 작품 계약서에 서명했다. 그날은 무진장 추운 날이었다. 하숙집으로 향하는 오르막길을 걷다가 문득 커피가 마시고 싶어졌다. 해도 다 떨어진 밤이었는데. 한번 욕망하기 시작하니 도저히 참을 수 없었다. 다행히 아직 문을 연 카페가 있었다. 길가 테이크아웃 전문 매장에서 천 원짜리 아메리카노 한 잔을 샀다. 커피는 매서운 눈보라 속에서 빠르게 식어갔다. 나는 잔을 한 손으로 쥐고 벌컥벌컥 마시며 길을 걸었다. 음료의 뜨끈한 온기와 카페인 그리고 만족감이 온몸에 기분 좋게 퍼지면서 비로소 두 눈 앞이 환해졌다. 난 이제 인간쓰레기가 아니다. 하숙방에 처박혀 밤새워 울면서 휴대폰 게임이나 하는 쓸모없는 인간이 아니다. 난 돈을 번다. 내가 쓴 글로!

하지만 그때도 여전히 내가 무엇을 써야 하는지는 모르고 있었다.

사랑받지 못해도

    고등학생 시절 별명이 많았다. 덕질 영역이 두루 넓어서 광개토대왕, 학생회장 선거에 나간 친구를 위해 평양 방언으로 기조연설을 해서 수령님, 출처 불명 어원 불명 미발이……(정말 왜? 어느 날 누군가가 그냥 그렇게 불렀다). 개중에서도 교무실 파이터라는 별명이 폭발 직전 화산 같았던 당시 나의 성향을 잘 설명해준다.

    이 별명은 고등학교 2학년, 교무실 안에 있던 모든 선생님과 한 번씩 싸운 전적 덕에 붙었다. 이유는 다종다양하다. 어느 야자 시간, 이어폰을 꽂고 사탕을 먹으면서 자습을 준비하고 있었는데, 야자 감독 선생님이 이어폰을 빼라고 해서 대꾸했다. "왜요?" 화가 난 선생님은 사탕도 먹지 말라고 했다. 나는 말했다. "왜, 왜요? 싫은데요……." 너무너무 화가 난 선생님이 복도에 엎드려뻗치라고 했고 나는 어리둥절한 얼굴로 엎드려뻗쳤다. 웃겨서 웃었다가 또 혼났다. 도대체 왜요…….

또 다른 사건은 이렇다. 우리 학교는 공부 잘하는 학생들에게 따로 자습실을 줬다(정말 별로라고 생각한다. 똑같은 학생인데요?). 이 자습실이 지저분했던 모양이다. 부장 선생님이 아침부터 시뻘게진 얼굴로 찾아와 청소를 시켰다. 청소 당번이 정해져 있었으므로 나는 청소를 안 하겠다고 했다. 진짜 무지막지하게 혼났다. 쓰고 있던 안경이 날아가 교무실 바닥에 처박힐 정도로. 하지만 나는 끝까지 잘못했다는 말은 하지 않았다.

이 서술은 한쪽의 일방적인 입장이고, 오래된 일이라 기억도 부정확하다. 때문에 잘잘못을 따지는 것은 적절하지 않다. 다만 내가 선생님들에게 '왜요'와 '싫어요'라는 말을 하는 학생이었다는 점만은 분명하다. 지배자는 피지배자에게 질문을 허락하지 않는다. 더 나아가 목소리를, 언어를 빼앗는다. 악당은 항상 비슷비

숫하다. 여하튼 친구들은 나에게 교무실 파이터라는 별명을 훈장처럼 붙여주었다.

교무실 파이터 기질에 다시금 불이 붙기 시작한 것은 대학교 3학년 때였다. 동아시아 고전문학을 읽는 모임을 마치고 집에 돌아가는 길. 바깥은 해가 져 어두웠다. 동기 진리는 '진리'라는 무거운 이름을 짊어지고도 그 이름에 지지 않는 훌륭한 친구다. 부지런히 읽고 사유를 멈추지 않는다. 진리가 들려주는 놀라운 생각을 듣다 보면 자주 나의 세계가 흔들린다. 그날도 진리는 나에게 이상하고 신기한 질문을 했다. "너는 네가 여자라고 생각해?"

단 한 번도 의심해본 적 없었다. 내가 여자가 아닐 수도 있나? 여자가 아니면 뭐지? 여자란 뭐지? 마더 구스 노래 가사처럼 설탕과 향신료 그리고 온갖 근사한 무언가로 이루어진 것 같진 않았다. 딱히 내가 고정관념 속 여자—긴 머리에 치마를 입고 사근사근하며 매일 향기가 나는—처럼 하고 다니는 것도 아니었다. 어떤 기준에 따르면 나는 남자이기도 했다. 말문이 막힌

나는 횡설수설했다. 진리는 기다렸다는 듯이 영업했다.

"너, 여성학 동아리에 가입해라."

이건 모두 진리가 놓은 정교한 덫이었다. 여성학 동아리에 가입하고 봤더니 중앙 동아리 기준 인원수에 못 미치는 아주 작은 동아리였다. 동아리 사람들은 한 명이라도 인원을 늘려서 명맥을 잇기 위해 부단히 노력 중이었다.

나는 덫에 걸린 토끼치고 성실했다. 세미나 날이면 동아리실로 찾아가 같이 읽고 떠들고 생각했다. 처음 읽은 책은 정희진의 『페미니즘의 도전』과 우에노 지즈코의 『여성 혐오를 혐오한다』였다. 두 저자는 각각 한국과 일본 사회에서 당연하게 여겨졌던 가부장적인 문화에 질문을 던짐으로써 문제를 드러내고 가부장제를 거부한다. 나에게 페미니즘은 질문하고 거부하는 학문이었다. 이 사회는 거대한 교무실이구나. 나는 빠르게 페미니즘을 이해해나갔다. 그렇다면 나는 다시…… 파이터가 될 수밖에 없었다.

휴학으로 인해 무기력과 우울증으로 점철되었던 시

절에도 여성학 동아리 활동에는 열심히 참여했다. 워낙 수가 적어서 한 사람 한 사람이 소중한 동아리였다. 우리는 축제 부스에서 '여성기 그리기 대회'를 열었다. 여성기는 자기 몸에 있는 신체 일부인데도 실제로 어떻게 생겼는지 아는 사람이 드물다. 불법 촬영물이나 영상물에 노출된 이미지를 먼저 접하다 보니 자기 신체에 대한 거부감으로 이어지기도 한다. 우리는 쉽게 대상화되는 여성기를 직접 대면하는 경험을 제안하고 싶었다.

거울, 종이, 펜이 든 키트를 구매해 자기 성기를 그려 오면 상품 추첨에 응모할 수 있었다. 희망하는 사람의 그림은 부스에 전시할 생각이었다. 영세한 동아리치고 상품을 크게 걸었다. 1등은 샤넬 립스틱, 2등은 스타벅스 기프티콘, 3등은 굿즈. 당시 '김치녀'의 조건처럼 여겨졌던 브랜드의 제품을 모은 것이었다. 우리는 부스를 열고 참가자들을 기다렸다. 분명 많이 찾아오겠지. 두근두근.

제일 먼저 우리 부스를 찾은 이들은 학교 행정실 직원들이었다. 그들은 부스 철거를 명령했다. 기사가 나면 안 된다는 이유였다. 우리는 항변했다. 부스 기획안을 사전에 다 제출했는데 이제 와서 안 된다고 하다니? 그리고 기사 좀 나면 어떤가? 우리가 국가 수장을 암살하고 국회를 장악하자는 작당 모의를 한 것도 아닌데. 오히려 학교는 학생이 공격을 받으면 보호할 의무가 있다! 나는 거의 불을 뿜었다. 교무실 파이터가 따로 없었다. 우리는 부스 이름을 일부 가리고 패널을 내리는 것으로 합의를 봤다.

행정실 직원의 걱정이 기우는 아니어서 진짜로 기사가 났다. 학교 커뮤니티에도 불쾌하다는 글이 올라왔다. 학생들은 우리 부스를 보고 깜짝 놀라 거름 더미라도 되는 양 빙 둘러서 지나갔다. 우리 행사는 처참히 실패했던 걸까? 하지만 난 즐거웠다. 기사가 난 것도, 학교 커뮤니티에 올라온 것도 좋았다. 실패한 행사는 아무도 관심을 주지 않는 행사다. 욕만 먹어도 상관없었다. 불쾌했다면 왜 불쾌함을 느꼈는지, 기사가 났다면 왜 기사가 났는지 고민해볼 기회를 만든 것만으로도 성공이라고 생각했다.

축제 둘째 날. 의도를 이해하고 공감하는 학생들이

늘어났다. 부스를 구경하러 오는 사람도 생겼다. 하지만 그리기 대회 참여율은 매우 저조했다. 대회를 마치고 보니 응모한 사람은 우리 동아리 사람들뿐이었다. 우리는 우리끼리 제비를 뽑아서 선물을 나눠 가졌다. 가위바위보로 회장, 부회장, 총무를 정했던 때처럼. 그리고 즐겁게 뒤풀이를 하러 갔다.

한겨레교육문화센터 수업을 통해 계약한 작품은 그림작가가 잘 구해지지 않았다. 에이전시는 나에게 다른 작품 기획을 제안했다. 화장품 편집 숍 브랜드 웹툰이었다. 제안이 오다니, 내게. 한 번도 연재를 해본 적 없는 내게! 고민하고 말고 할 것도 없었다. 나는 또 덥석 계약을 했다.

회사 생활이라곤 학원 아르바이트가 다였던 학부생에게 편집 숍 브랜드는 낯설었다. 대표님은 그런 나를 데리고 여러 사람들을 인터뷰했다. 상무이사부터 대리까지, 모두 여성이었다. 인터뷰를 거듭할수록 이들의 이야기를 많은 사람에게 들려주고 싶다는 욕심이 생겼다. PD님과 머리를 맞대고 이야기를 짜냈다. 두 사람이 창업하는 이야기면 좋겠다. 기왕이면 사회에서 튕겨 나간 여자들. 유리천장에 부딪혀 퇴사한, 굽힐 줄 모르는 여자가 주인공인 이야기를 썼다. 내 데뷔작은 그렇게 처음 계약한 작품이 아닌 『보에』가 되었다.

데뷔작을 연재하면서 부족함을 많이 느꼈다. 영의 말을 들어보면 소재 때문에 욕을 꽤 먹었다고는 하는데, 난 욕도 못 먹으면 어떡하나 걱정했었다. 당시만 해도 여성 투 톱 작품은 잘 안 된다는 것이 정설처럼 여겨졌다. 어렵게 잡은 작품 연재 기회를 날리기 싫었다. 사람들이 욕이라도 해준다니 오히려 반가웠다. 욕하다가 재밌어서 계속 보길 간절히 원했다.

하지만 주인공 경이와 겨운이는 막 데뷔한 초보 작가 뜻대로 움직여주지 않았다. 내가 만든 인물인데! 경이와 겨운이만이겠는가? 다른 인물들은 도통 무슨 생각을 하는지 알 수가 없었다. 인물들의 갈등을 쌓아보려 해도 감정선이 잡히지 않았다. 다른 인물을 투입하면 될까? 설정을 바꿔보면 될까? 방법을 강구했지만 소용없었다. 수습이 안 되어 덕지덕지 색종이가 발린 망한 공작 숙제처럼 되어갈 뿐…… 작업 걱정에 머리가 빙글빙글 돌았다.

엎친 데 덮친 격으로 연재 중에 허리 디스크까지 터졌다. 의자에 앉을 수 없어 서서 타이핑했다. 후반부는 거의 울면서 썼다. 엉엉. 내가 왜 계약했을까. 내가 왜 알지도 못하는 창업에 대해 쓰기로 했지? 내가 왜, 왜 이름을 가진 여성 캐릭터 두 명이 남성에 관해서가 아닌 다른 이야기를 나누는 작품을 하기로 한 거지(마치 여자 둘이 나와서 글 쓰기 어려운 것처럼 핑계를 대고 있다)?

그런데 참 신기하게도, 데뷔작을 연재하면서 어느 순간 글쓰기로 사랑받고 싶다는 달콤한 바람이 사라졌다. 그보다는 오기가 생겼다. 이야기는 필연적으로 사회를 닮는다. 좋은 이야기를 쓰려고 노력하면 할수록 다채로운 사람을 그리게 된다. 그중에는 사회에서 숨기고 싶어 하는 이들도 있다. 레즈비언 중년 부부나 미등록이주노동자, 촉법소년 같은 '불온하고 자격 없는' 것으로 취급되는 존재들 말이다. 그래서 작가는 필연적으로 균열을 내는 사람이다. 자꾸만 '왜?'를 묻고 '싫다'고 말하는 사람이다.

어느새 나에게 작가란 사랑받지 못해도 쓰는 사람이

되었다. 이야기를 잘 만들고 싶다는 욕심이 커질수록 사랑받는 작가와는 멀어졌다. 그다지 신경 쓰이지도 않았다. 언제 원했냐는 듯이.

『보에』 마지막 화를 완성한 날이 아직도 생생하게 기억난다. 그날은 학부 마지막 학기가 끝난 날이기도 했다. 하지가 가까워 저녁 6시인데도 날이 밝았다. PD님에게 메일이 왔다. 마지막 화 대본 컨펌 메일이었다. 수고했다는 문장을 읽고 눈물이 찔끔 나왔다. 그렇지. 나는 엄청 수고했다. 감히 신입 사원의 첫해에 비교할 수 있을 만큼. '감사합니다.' 답신을 보냈다. 그건 진짜 진짜 감사하다는 인사였다. 진짜 진짜로.

홀가분한 마음으로 저녁을 먹으러 나갔다. 가장 좋아하는 동네 비스트로에 갔다. 지하에 있는 그 가게는 '털보'라는 단어가 잘 어울리는 친절한 주방장이 운영했다. 큰맘 먹고 만 원이 조금 넘는 오므라이스를 시켰다. 맥주도 주문했다. 완결의 만족과 식사의 포만감은 비슷한 면이 있다. 나는 오래오래 음식을 씹으며 그 둘을 즐겼다.

계산을 마치고 나와도 하늘 끝이 푸르스름하니 밝았

다. 하숙방으로 걸음을 옮겼다. 늦봄에서 초여름으로 들어서는 길목, 아까시나무 꽃향기가 훅 풍겨왔다. 선선한 여름밤 공기를 가르면서 언덕을 올랐다. 연재 내내 그토록 고생했으면서, 그때 내 머릿속은 이미 차기작에 대한 고민으로 가득했다.

데뷔작이라 짧게 하고 싶어요

우리는 꽤 쌀쌀한 어느 늦겨울에 만났다. 아니, 초봄이었나? 늦겨울이나 초봄이다. 사실 늦겨울이든 초봄이든 중요하지 않다. 나몬 언니와 작품을 함께 만들기로 결정했으니 말이다.

나와 언니는 2013년쯤 알게 됐다. 언니의 첫인상은 역시 '그림'이다. 엄청나게 그림을 잘 그리는 사람. 신기했다. 두 번째 만났을 때, 이 사람이 감각하는 세계가 궁금했다. 세 번째 만남에서 나는 언니와 작품을 함께할 수 있다면 참 좋겠다 생각했다. 언니는 이야기를, 이야기 속 인물들을 사랑한다. 인물과 함께 호흡하고 그들을 이해하는 데에 들이는 시간을 아까워하지 않는다. 언니와 나는 밤새도록 떠들 수 있었다. 좋아하는 아이돌, 노래, 이야기, 작품 또 그 밖의 모든 것에 대해. 언니와 대화하다 보면 화장실 가는 시간, 잠자는 시간도 아까웠다. 기관지가 약한 편이라 서너 시간 떠들고 나면 꼭 목이 칼칼했다. 강한 목, 잠에 강한 정신, 강한 방광을 만들어서 더 떠들어야지. 헤어질 때면 그런 다짐을 했다.

홍석천이 자기 보석함에 미남들을 수집한다면 나는 그림작가들을 모은다. 그림 그릴 줄 모르는 웹툰작가로서 필수적인 생존 전략이랄까. 함께 작업하고 싶은 작가들에게는 적극적으로 어필하는 편이다. 그래도 언니에게 연락이 올 줄은 몰랐다. 농담처럼 협업 제안을 한 지 꽤 시간이 지나 있었기 때문이다. 같이 웹툰을 만들고 싶다는 언니의 연락을 받고, 나는 부랴부랴 기획서 파일을 뒤졌다. 그때 꽂혀 있던 아이템이 여성국극이었다. 가장 자신 있는 이야기이기도 했고, 제일 만들고 싶기도 했다. 서울, 내 자취방 근처 카페에서 첫 오프라인 회의를 가졌다.

언니가 꼼꼼히 기획안을 읽는 동안 나는 겉으로는

안 초조한 척, 괜찮은 척, 이런 일은 자주 겪는 척했지만, 머릿속으로는 거절당했을 경우의 시뮬레이션을 열심히 돌렸다. 마침내 언니가 고개를 들었다. 잠시 생각을 고를 줄 알았는데 언니는 의외로 곧장 대답했다. "재밌어요. 하고 싶어요."

전부터 언니는 다양한 여성 인물을 그리고 싶어 했다. 특히 뮤지컬과 연극을 좋아해서, 무대 위의 소녀들을 그릴 수 있다면 더 좋다고 했다. 어쩌다 보니 언니 취향에 딱 맞는 기획안을 들고 간 것이다. 언니는 나에게 이야기가 몇 화쯤 될지 물었다. "데뷔작이라 짧게 하고 싶어요. 긴 작품은 힘들 것 같아요." 나는 기획안을 뚫어져라 쳐다보다 대답했다. "한…… 45화쯤 될 것 같아요."

맹세코 그때 거짓말을 한 건 아니다! 당시 『정년이』 기획안은 로맨스가 훨씬 강했다. 정년과 부용 그리고 영서 사이의 감정선이 얽히고설키는 이야기였다. 여성 국극은 이들의 로맨스가 펼쳐지는 공간이자 세 사람을 만나게 하는 장치였다.

분량이 본격적으로 덩치를 키우기 시작한 것은 자료를 찾으면서부터였다. 자료가 엄청나게 많았냐고? 아니다. 없었다. 너무 없었다. 잠시 자료 이야기를 해보자. 먼저 1940~50년대 당시 여성국극을 기록한 영상이 있을 리 만무했다. 회고록이나 여성국극 인기작 대본을 구하기도 어려웠다. 대부분 책이 절판되어 중고 책방에서나 겨우 찾아볼 수 있었다. 중고 책방에도 없는 책들은 도서관에서 빌려다 필요한 부분을 발췌했다. 반재식, 김은식 선생이 쓴 『여성국극 왕자 임춘앵 전기』, 무형문화재 조영숙 선생의 자서전 『끄지 않은 불씨』 같은 책을 어렵게 구했다. 『여성국극 왕자 임춘앵 전기』는 임춘앵 선생님의 어린 시절부터 여성국극 배우로 대성하는 과정과 사망까지 전반적으로 다룬 책이다. 그뿐만 아니라 여성국극의 역사나 극단 내부 모습, 연구생 시스템도 알 수 있었다. 중간중간 국극 대본과 인기작 줄거리, 사진도 실려 있어서 도움을 많이 받았다. 『끄지 않은 불씨』를 쓰신 조영숙 선생님은 여성국극에서 주로 삼마이를 도맡아 연기했다. 삼마이란 연극 대본 세 번째 페이지에 주로 실리는 배우들을 가리키는 일본말에서 온 단어로, 극에서 감초 역할을 맡는 조연 캐릭터를 뜻한다. 한국에서는 대표적으로 방자를 들 수 있겠다. 비슷하게 연극 대본 두 번째 페이지를 뜻하는 니마이는 주연배우를 가리킨다. 『여성국극 왕자 임춘앵 전기』에서 극의 중심을 잡는 주인공의 화려한 연기 인생을 볼 수 있다면 『끄지 않은 불씨』에서는 극의 디테일을 완성하는 조연 배우의 연기 생활 전반을 생생한 목소리로 들을 수 있다.

어느 정도 국극단에 대해 이해하고 난 뒤 진짜 문제에 봉착했다. 바로 무대. 당시의 무대를 재현하고 싶어도 자료가 거의 없었다. 남아 있는 사진 자료를 통해 의상은 조금이나마 엿볼 수 있었지만, 무대장치나 배경 구성, 극의 흐름은 감을 잡기 어려웠다. 하는 수 없이 1980~90년대에 올린 여성국극 자료를 찾았다. KBS는 꽤 오랫동안 여성국극을 만들어 방송으로 송출했다. 그때 올린 대본이 충남대학교 도서관에 있었다. 세계인은 모두 여섯 다리만 건너면 아는 사이라고 하지 않던가. 세 다리 안에 충남대 도서관에 출입할 수 있는 사람을 찾았다. 대본 세 권은 홍익대학교 도서관을 거쳐 내 품으로 왔다.

대본은 여성국극 특유의 입말이나 극을 구성하는 방식을 알 수 있어 소중한 자료였다. 예를 들어 극 초입에는 사람들이 단체로 나와 합창을 하며 춤을 춘다. 이 군무는 관객들의 시선을 확 사로잡으면서 극 안으로 들어가도록 초대하는 역할을 한다. 자서전을 통해 머리로 익혔던 가다끼*와 같은 고정적인 극 중 인물의 역할도 직접 눈으로 확인할 수 있었다.

자, 이쯤이면 내가 얼마나 자료에 집착했는지 알 수 있을 것이다. 이 집착은 미디어아티스트 정은영 작가님과의 만남을 통해 해갈된다. 운이 좋게도 한창 자료를 수집하던 때와 정은영 작가님이 여성국극에 대한 작품으로 올해의 작가상을 수상한 시기가 겹쳤다. 웹사이트에 올라온 작품들을 수시로 살피고 오프라인 전시를 빠짐없이 다녔다.

---

* 남역 조연이 맡는 악역을 뜻한다. 주로 여주인공과 남주인공 사이의 로맨스를 방해한다.

그날은 전시 작가와의 대화가 있었다. 나는 여성국극을 소재로 한 웹툰을 준비 중이라고 밝힌 후 자료를 어디서 구할 수 있는지 물었다. 대체 왜 그랬을까? 겁도 부끄러움도 예의도 없었다. 작가님이 갖고 있는 자료만 자세히 볼 수 있다면 훨씬 나은 작품을 만들 수 있을 텐데. 그런 욕심만 머릿속에 가득했다. 정은영 작가님은 자료 대신 지혜를 주었다. "온전히 재현하려 하기보다 비어 있는 부분을 상상으로 채워보세요."

솔직히 당시에는 이게 얼마나 중요한 말인지 몰랐다. 자료를 더 얻지 못했다는 아쉬움뿐이었다. 작업을 하는데 불쑥불쑥 작가님 말이 떠올랐다. 맞다. 어떻게 내가 그 시절 여성국극을 그대로 재현할 수 있겠는가? 그럴 수 없을뿐더러 그럴 필요도 없었다. 내가 수집한 대본들과 인기작 줄거리는 당시에는 무척 재밌었겠지만 오늘날 우리에겐 뻔한 남녀상열지사다. 도저히 로맨스라고 볼 수 없는 폭력적인 관계도 존재한다. 1950년대의 여성국극을 21세기인 지금 재현하고자 한다면, 그 이야기를 보는 현재의 우리에게 의미가 있어야 했다. 몸과 마음이 자유로워지면서 동시에 막중한 책임감이 느껴졌다. 그래서 우리에게 필요한 여성국극이 뭐지? 아니, 필요하긴 한가?

엉엉 울고 싶은 내 마음을 아는지 모르는지, 시간은 빠르게 흘러갔다. 연재는 시작되어 정년이는 매란에 입단했는데 나는 좀처럼 어떤 여성국극을 보여줘야 할지 감이 오지 않았다.

2019년 한국퀴어영화제에서 정은영 작가님의 작품을 상영했다. 큰 스크린으로 다른 관람객의 방해 없이 작품을 볼 수 있는 기회였다. 일부러 관객과의 만남을 진행하는 회차로 예매했다. 질문과 답을 듣다 보면 실마리를 얻을 수도 있겠다 싶었다. 마침 그날은 드래그킹 퍼포머 아장맨 님의 퍼포먼스도 있었다. 궁금했지만 큰 기대는 갖지 않았다. 무대는 무대 위에 서는 사람을 빛나게 하는 데 최우선 순위를 두고 꾸려진다. 단차와 거리는 관객의 시선을 섬세하게 고려해 정한다. 조명, 배경, 음향과 같은 무대장치는 또 얼마나 복잡한가. 영화관은 이 모든 것을 깡그리 무시한 공간이다. 열악한 무대 위에서 사람들을 사로잡아야 하는 그가 안

쓰럽기까지 했다.

잠시 후, 공연 시작을 알리는 안내와 함께 한 사람이 나타났다. 눈과 입에 시커먼 화장을 한 그는 이몽룡을 연상시키는 한복 차림이었다. 그는 화가 난 것 같았다. 옷을 쥐어뜯거나 사람들에게 눈을 부라렸다. 분장 덕에 한층 더 무서워 보였다. 허공을 향해 소리를 지르더니 끝내 얼굴을 감싸며 괴로워했다. 남자는 한껏 쪼그라들었다. 우는 듯했지만 누구도 그를 위로할 수 없을 것 같았다. 끝내 그는 녹은 눈길처럼 질척거리며 천천히 사라졌다.

영화관은 내 예상대로 결코 좋은 무대는 아니었다. 그러나 아장맨 님의 퍼포먼스에 무대 상태쯤은 아무런 걸림돌도 되지 않았다. 그가 황토 바닥 한가운데에서 연기를 했다 한들 퍼포먼스는 전혀 무뎌지지 않았을 것이다. 오히려 더 강렬해졌을지 모른다. 아장맨 님이 연기하는 남성성은 기분 나쁘다. 폭력적이고 무섭다. 나는 내가 만난 폭력적인 남성들이 떠올라 두려움을 느꼈다. 그러나 동시에 별로 두렵지 않기도 했는데, 진짜 폭력이라면 있을 수 없는, 그의 눈에서 빛나는 환희가 이것은 입고 벗을 수 있는 연기라는 사실을 알려주었기 때문이다. 마침내 나는 두려움 없이 이 폭력성/남성성을 관찰하게 되었다. 재미있는 구경거리라도 되는 것처럼.

아장맨 님은 한 인터뷰에서 드래그 킹 퍼포먼스를 하며 해방감을 느낀다고 했다. 자신의 "몸이 '불온한 것, 성적인 것'으로 인식되지 않고 '기본형'으로 인지되는 순간," "자신감, 당당함, 해방감을" 느낀다는 것이다.¹ 나와 나몬 언니는 '남성을 연기하는 여성'에 대해 자주 이야기를 나누었다. 그가 어떤 마음으로 무대에 오를지 궁금했다. 아장맨 님의 인터뷰를 보면서 답을 찾은 기분이 들었다. 내 이야기 속 인물들이 느낄 감정은 해방감이다. 다양한 이유로 억눌린 채 살아가는 이들에게 무대 위에서만큼은 내가 온전히 '나'일 수 있는 경험을 하게 해주자. 그리고 보는 사람들도 그걸 함께 느낄 수 있다면 좋겠다.

ᴸ   오혜진, "작은 체구의 광기 어린 남자를 연기하는 희열", 《여성신문》, 2018년 10월 5일.

본격적인 자료 수집을 시작하고 1년 뒤. 로맨스 장르였던 『정년이』는 '성장다큐누아르우정드라마퀴어로맨스'가 되었다. 당연히 분량도 인물도 늘어났다. 초기 기획에는 없었던 도앵이와 숙영이, 소복과 채공선의 이야기를 넣자 봄날 죽순 자라듯 이야기가 쑥쑥 커졌다. 나몬 언니는 새 기획안도 재미있어했다. 다만 언니는 약간 그늘진 얼굴로 말했다. "이러면 분량은 더 길어지겠어요." 나는 당차게 답했다. "최대한…… 80화 안으로 끝내보겠습니다!"

작품은 137화로 마무리됐다. 언니에게는 죽을 때까지 사과할 생각이다.

윤정년이 나를 보고 웃었다

　류츠신의 『삼체』 2부에는 뤄지라는 인물이 나온다. 그에겐 작가인 전 여자친구 바이룽과의 추억이 있다. 바이룽은 뤄지에게 생일 선물로 소설을 써달라고 부탁한다. 상상할 수 있는 가장 아름다운 여자를 주인공으로 한 소설이다. 뤄지는 성실하게 시도하지만 곧 실패한다. 뤄지의 의도대로 인형처럼 움직이는 인물이 시시하게만 느껴진다.

　바이룽은 뤄지에게 조언을 한다. "소설 속 인물이 10분 동안 하는 행동 속에는 그가 10년간 겪은 모든 것이 녹아 있어야 해. 소설의 줄거리에만 국한하지 말고 그녀의 인생 전체를 상상해봐. 글로 쓰는 건 빙산의 일

각일 뿐이야."[1]

뤄지는 상상한다. 주인공이 막 태어난 순간부터 걸음마에 성공하고 학교에 입학하는 모습, 좋아하는 책과 음악, 영화, 옷차림, 음식 같은 것들을. 상상이 구체화된 순간 인물은 뤄지를 향해 고개를 돌리고 미소 짓는다. 뤄지가 시키지 않은 일이다. 이 순간부터 인물은 뤄지의 통제를 벗어난다. 마음대로 움직이고 말을 건다. 뤄지가 상상하지 않은 설정을 만들기도 한다. 꼭 살아 있는 사람처럼.

뤄지는 바이룽에게 달려가 소리친다. "작가 마음대로 소설 속 인물을 조종하는 줄 알았어. 작가가 쓰는 대로 인물이 움직이는 거라고 말이야."[2] 인물이 작가가 쓰는 대로 움직인다면 그 이야기 속 인물들은 작가 자신이나 마찬가지다. 모두 작가처럼 생각하고 말하고 행동할 것이다. 상상만 해도 재미없다. 세상에 나란 사람이 하나만 있는 것도 충분히 재미없는데, 굳이 다른

[1]   류츠신, 『삼체: 2부 암흑의 숲』, 허유영 옮김, 자음과모음, 2022, 109쪽.
[2]   위의 책, 115쪽.

세계를 창조해서 그 안을 온통 '이레투성이'로 만들어 버리다니. 아마 뤼지가 맨 처음 시시하다고 느낀 이유도 이 때문일 것이다.

이야기를 만들면서 재미있는 순간이 많은데, 제일 신날 때는 역시 인물들이 알아서 쭉쭉 자기 길을 갈 때가 아닌가 싶다. 이러면 작가는 할 일이 없다(그래서 신나는 걸까?). 그저 인물들을 따라가면서 그들에게 필요한 묘사와 적절한 배경을 제시하면 된다. 이야기는 마치 스케이터가 빙판 위를 미끄러지듯 막힘없이 풀린다.

문제는 이런 인물을 만들어내는 일인데…… 결코 쉽지 않다. 데뷔작을 준비하면서 너무 힘들었다. 안 그래도 배울 것이 많았다. 소설 쓰기에 길들여진 습관을 웹툰에 맞춰야 했다. 한 화의 적당한 분량을 익히려고 다른 작품들을 많이 봤다. 모니터에 웹툰을 띄워두고 글 콘티로 받아 적는 연습을 했다. 웹툰은 묘사도, 소화할 수 있는 대사량도 소설과 달랐다. 소설과 비교하면 모든 것이 압축적이었다. 밥 한 공기를 꾹꾹 눌러서 절편

한 조각을 만드는 기분이었다. 떡도 그렇고 크로플도 그렇고 뭐든 누르면 맛있어진다. 그래서 웹툰이 속도 감 넘치고 재미있나 보다.

어느 정도 웹툰 장르의 호흡을 익힌 뒤부터 본격적으로 고통이 시작됐다. 미처 고민하지 못했던 인물 문제가 봇물처럼 쏟아졌다. 다음 화, 아니, 다음 장면에서 이 인물이 대체 어떻게 행동해야 하지? 무슨 말을 해야 하지? 앤 대체…… 뭔 생각으로 이런 짓을 한 거야? 모든 것을 내 손으로 적었는데도 몰랐다. 인물에 대해 아는 것이 없으니 무엇을 드러내야 할지 몰랐고, 드러내야 할 것이 '없다'고 느껴지자 뒤늦게 설정이 붙었다. 작가로서 죄책감이 들었다. 내가 만들어낸 인물인데 내가 모른다니. 대본을 쓰려고 책상 앞에 앉으면 막막함에 숨까지 막혔다. 경아, 겨운아. 너네 대체 누구니?

그렇게 고생했으면 공부가 됐을 법도 한데, 『보에』 연재를 마치고도 정신을 못 차렸다. 새로운 이야기를 만들어낸다는 흥분과 고등학생 시절부터 풀어내고 싶었던 이야기를 드디어 세상에 내보인다는 기쁨이 먼저

였다. 『소녀행』의 장르는 오리엔탈 판타지 모험이다. 주인공 혜는 태어날 때부터 저주받은 소녀다. 누구든 혜를 사랑하는 사람은 죽는다. 궁에 갇혀 살아가던 혜는 공주 영비와 만난다. 외로운 두 소녀는 사람들 눈을 피해 우정을 쌓는다. 그러나 영비 역시 저주를 피하지 못한다. 영비는 크게 다치고, 혜는 죄책감에 시달린다. 영비는 궁을 떠나면서 혜에게 자신을 찾아와달라 부탁한다. 혜는 사랑하는 친구 영비와 다시 만나기 위해 저주를 풀 모험을 떠난다, 라는 도입부인데…… 이 설명을 읽고 『소녀행』을 보려고 했다가는 큰일 난다. 주 내용은 혜와 남자주인공 원의 모험이기 때문이다.

처음에는 영비보다 원의 비중이 훨씬 컸다. 원은 혜의 저주에 영향을 받지 않는 유일한 인간으로, 혜의 곁을 지킨다. 혜는 그에게만큼은 마음을 놓을 수 있다. 에이전시에서는 혜와 원의 로맨스가 더 깊어지길 원했다. 그게 자연스러운 일이기도 했다. 문제는 혜가 원에게 그렇게까지 마음을 쓰지 않았다는 점이다. 목숨을 걸 정도로 사랑하고 아끼고 눈물도 흘리고 그래야 하는데 혜 마음속에는 이미 다른 사람이 떡하니 자리 잡고 있던 것이다. 바로 영비라는 첫사랑. 혜를 사랑하고 또 혜를 괴롭게 만든 그, 혜로 하여금 자기 운명과 맞서 싸우게 만들었던 공주님을 혜는 사랑하고 있었다.

이 사실을 너무 뒤늦게 알았다. 어쩐지. 원과 붙여놓으려고 하면 이상하게 재미가 없었다. 고민하다 후반부 트리트먼트를 수정했다. "혜랑 영비는 뭐지? 이건 사랑으로밖에 설명이 안 되는데?" 바뀐 트리트먼트를 보고 PD님이 어리둥절해하셨다. 맞아요, PD님. 사랑하고 있더라고요.

『소녀행』에서 얻은 경험을 바탕으로 나름대로 인물 만들기 방법을 정했다. 우선 최대한 상세하게 상상한다. 어린 시절부터 이야기를 시작하는 시점까지 누구를 만나고 어떤 경험을 했을지, 그게 인물에게 어떤 영향을 끼쳤을지 생각한다. 너무 막연하고 귀찮으면 인물이 현재 강렬하게 원하는 것을 먼저 떠올린다. 왜 그런 사람이 됐을까 역산한다. 가치관, 성격, 외모, 위치…… 인물이 '지금'에 이르기까지 겪은 사건들을 만든다.

그리고 '지금' 여러 상황에 놓이게 한다. 정년이는 장기 자랑을 시키면 어떨까? 엄청 시끄럽고 엄청 나대고 엄청 웃긴데 보는 사람을 약간 민망하게 할 것 같다. 영서는 멋지게 잘할 것 같고. 주란이는 상상도 못 할 장기를 보여줄 것 같은데…… 따위로 인물의 현재를 출력한다. 틈만 나면 이런 상상에 빠져 있다. 어느 날, 작업하다 고개를 들어보니 카페 옆자리에 윤정년이 앉아 있었다. 연구생 연습복을 입고 머리는 묶은 채였다. 윤정년은 테이블에 한쪽 뺨을 대고 나를 보더니 씩 웃었다. 오, 이제 된 것 같다. 그런 느낌이 들었다. 쓰고 나니 뤄지가 겪은 일과 똑같잖아?

하지만 '된 것 같다'는 느낌은 말 그대로 느낌에 불과하다. 아무리 상세하게 캐릭터를 짜놓아도 작품 연재에 들어가면, 움직이고 말하게 시키면 다르게 행동하기도 한다. 『정년이』에서는 주란이가 그랬다. 홍주란은 본래 영서와 깊은 교류는 없는 인물이었다. 영서에게 주란이는 같은 극단 연구생 중 한 명 정도였고, 주란이는 영서에게 아예 관심이 없었다. 영서가 주란이

에게 갖는 질투심, 열등감은 정년이에게 불같이 튀어
야 했다. 영서와 정년이의 라이벌 관계가 돋보이기 위
해서라도 그래야 했다.

이야기가 시작되자 주란이는 영서가 홀로 연습하는
연습실로 갔다. 옥경이 곁에 서고 싶은 연구생이라면
마땅히 그래야 한다는 듯이. 영서는 주란이와 비교하
면 생각이 너무 많다. 주란이같이 차분하고 올곧은 사
람을 만나면 여름 볕 아래 얼음처럼 스르르 녹는다. 주
란이는 영서를 다 큰 어린애 정도로 여겨서 어리광을
받아주다가도 안 되겠다 싶으면 엄하게 군다. 이 두 사
람의 합. 대본을 쓰기 전에는 전혀 예상하지 못했었다.

처음에는 주란이를 연습실에 가지 못하게 막았다.
견우와 직녀 사이를 막는 옥황상제라도 된 것처럼 계
속 다시 썼다. 아무리 다시 써도 주란이가 영서와 만나
는 버전이 제일 괜찮았다. 두 사람이 관계를 쌓으면 캐
릭터성이 망가질까? 두 사람이 각자 가고자 하는 길,
그들이 가진 욕망을 표현하는 데 방해가 될까? 아니,
오히려 더 보여주기 좋을 것 같았다. 나는 고삐를 조금
느슨하게 쥐고 주란이가 원하는 대로 가게 내버려뒀

다. 아무리 준비를 잘해놓아도 작품의 3할가량은 연재가 완성해주는 듯싶다.

『삼체』는 독서 모임에서 함께 읽었다. 멤버 혜윤 님이 정말로 작가는 인물을 만들 때 뤄지 같은 일을 겪느냐고 물어보았다. 나는 그렇다고 대답하면서 묘한 패배감을 느꼈다. 잠깐 『삼체』 스포일러를 더 하자면, 난 뤄지가 싫다! 뤄지가 상상한 여자에게는 욕망이 없다. 인물은 오직 뤄지를 위해 움직인다. 상상을 너무나 잘한 나머지 완벽한 이상형을 만들어냈기 때문일까? 하지만 내가 보기엔 영 사람 같지 않았다. 나는 뤄지가 상상한 인물이 구리다고 말하고 싶었지만, 그러기엔 그와 너무나 똑같은 경험을 해서 할 말이 없었다. 지금 생각해도 분하다.

내게 강 같은 영감

1학기 중간고사를 마치고 나면 학생들에게 피드백을 한다. 중간 과제로 제출한 작품 기획서를 바탕으로 학생들 한 명 한 명과 만나 이야기를 나눈다. 빛의 속도로 끝날 때도 있고, 이것저것 궁금한 것이 많아 시간이 오래 걸리는 학생도 있다. 올해도 피드백을 진행하는데 학생이 질문을 던졌다. "교수님은 영감을 어디서 얻으세요?"

피드백뿐만 아니라 특강에서도 빼먹지 않고 나오는 단골 질문이다. 왜일까? 영감이 떠오르지 않아서 머리를 쥐어뜯거나, 갑자기 하늘의 계시처럼 내리꽂힌 영감을 마구 받아 적는 미디어 속 작가 이미지 때문에?

하지만 나는 한 번도 영감이라는 벼락을 맞은 적이 없다. 아마 앞으로도 찾아오지 않을 것 같다. 신의 축복을 받기엔 신성모독을 너무 많이 저질렀기 때문이다.

다른 사람 태몽 듣는 걸 좋아한다. 그에 반해 내 태몽은 말하기 좀 겸연쩍다. 어떤 내용이냐 하면, 임신한 엄마가 마당에 서서 밤하늘을 올려다본다. 하늘에는 북두칠성이 반짝이고 있는데 갑자기 별들이 원을 그리더니 한 줄기 빛이 내려와 엄마 배를 비춘다. 왜 말하고 싶지 않은지 이해했으리라. 나라 하나쯤은 구해야 할 것 같은 비범한 태몽에 비해 정작 나는 내 목숨 하나 부지하기도 힘들어서 버둥거리고 있으니 말이다. 태몽이 아깝달까.

하기 싫은 태몽 이야기를 왜 꺼냈냐면, 개신교 때문이다. 엄마는 나를 가졌을 즈음 시댁을 따라 막 개신교에 입교했다. 읽어본 사람은 알겠지만 성경은 굉장히 자극적인 책이다. 구약에 나오는 인물과 사건은 잔인하기 짝이 없으며 요한계시록 속 환상적인 이미지는 정신을 혼란하게 한다. 아마도 처음 성경을 접한 엄마에게 성경 속 온갖 이야깃감과 이미지가 정신없이 쏟아져 들어간 결과가 내 태몽 아닐까?

어쨌든 하늘의 빛으로 잉태된 나는 모태신앙 아기가 되었다. 시골 마을에서 교회란 대학 수업으로 따지면 교양필수쯤 된다. 교회에는 최소 일주일에 한 번씩 마을 사람들이 모인다. 이들은 일주일간 있었던 온갖 동네 사정에 대해 이야기를 나눈다. 함께 시내로 장을 보러 가거나 병원에 갈 차를 얻어 타기도 한다. 봄에는 꽃놀이, 여름에는 부흥회, 가을에는 추수감사절이 있고 연말에는 성탄절 무대를 준비한다.

사람 모인 곳에는 반드시 정치가 뒤따른다. 입으로는 직분이 중요하지 않다고 말하지만 장로 선거가 시작되면 소리 없는 물밑 작업에 들어간다. 말하자면 교회는 친목과 문화 교류의 장이자 고요한 권력의 성지다.

시골 교회의 모태신앙 아이는 교회 어른들의 사랑을 듬뿍 받는다. 어린이가 적기 때문이다. 나는 어른들 앞에서 주기도문과 사도신경, 십계명까지 암송하며 뿌듯해하기도 했다. 피아노를 배운 뒤에는 곧바로 예배

반주에 투입됐다. 피아노 반주는 재미있었다. 군중이 내 반주에 맞추어 노래하는 것도, 음악을 연주하는 것도, 반주자가 입는 특별한 성가복도 좋았다. 멋지지 않은가.

좋은 것이 있으면 싫은 것도 있는 법. 반주는 좋았는데 설교는 싫었다. 너무 지루했다. 주일학교를 다니던 초등학교 시절에는 그래도 아이들 시선에 맞춘 재미있는 이야기—골리앗을 이긴 다윗이나 솔로몬의 지혜 같은—였는데 중학교에 올라가 어른 대상 설교를 듣자니 죽을 맛이었다. 졸지 않으려고 나름대로 애를 썼지만 죄다 실패했다.

머리가 더 크고 나서는 반감이 들기 시작했다. 왜 여자는 남자에게 순종해야 하지? 왜 동성애가 죄악이지? 왜 결혼을 꼭 하라고 하는 거지? 한번은 동물에게는 영혼이 없어서 동물을 위해 기도해봤자 소용이 없다는 설교를 들었다. 거짓말! 그럼 왜 사자들이 어린양과 뛰놀고 장난쳐도 물지 않는 참사랑과 기쁨의 그 나라가 속히 온다고 했냐? 하나만 해라!

날이 갈수록 불어나는 불신과 달리 내 몸은 꼬박꼬

박 교회로 향했다. 어른들 때문이었다. 교회에는 내 또래가 단 한 명도 없었다. 나마저 교회를 떠나면 어른들은 피아노 반주 없이 노래해야 했다. 이제 어른들은 내가 자란 꼭 그만큼 노인이 되어 있었다. 그들을 실망시키고 싶지 않았다, 부모님도. 나는 사랑받는 청년 포지션을 유지하기 위해 꾹 참고 교회에 나갔다.

이 효심과 연민, 인정욕구로 쌓인 불안한 모래성은 어떤 신실한 신자 때문에 무너진다. 서울로 올라온 뒤 엄마의 성화에 출석할 교회를 찾게 되었다. 몇 군데를 돌아다니다가 한곳을 정했다. 다 모임장 언니 덕분이었다. 언니는 어쩜 저렇게 열심히 교회에 다닐까 신기할 정도로 삶의 대부분을 교회에 바쳤다. 하나님 음성 듣기에 방해가 되어 대중가요도 안 듣는다고 했다. 그런 점이 부담스럽긴 했지만 언니는 좋은 사람이었다. 낯선 교회에서 어색해하는 나를 위해 이름을 한 번 더 불러주고 사람들에게도 소개해줬다. 언니 덕분에 나는 "주일에 교회 갔냐"는 엄마 물음에 당당하게 대답할 수 있게 됐다.

아마 여름, 그러니까 서울퀴어문화축제가 열릴 즈음이었을 것이다. 6월은 학기말이기도 하다. 기말 과제를 제출하고 교회 소모임으로 향했다. 약속 시간에 늦어다들 이미 예배를 드리고 있었다. 모임장 언니는 우렁찬 목소리로 말했다. "불쌍한 동성애자들을 위해, 그들의 영혼이 구원받아 하나님 앞으로 올 수 있게 기도합시다."

무척 이상한 기분이었다. 퀴어문화축제에 가면 호모포비아를 쉽게 만날 수 있다. 그들은 욕을 하기도 하고 손가락질을 하기도 한다. 트럭 위에 올라서서 큰 소리로 노래하는 목소리는 짜증 나기는 해도 그렇게 화가 나진 않는다. 우습기까지 하다.

하지만 언니의 말, 퀴어를 향한 연민으로 푹 젖어 축축한 그 말에는 화가 났다. 감히 누가 누구를 불쌍해하는가. 사람 사이에 선을 긋고 위계를 만들려는 시도와 시혜적인 시선이 견딜 수 없이 모멸적이었다. 나는 그 뒤로 다시는 교회에 나가지 않는다.

불교에서는 계율을 깨뜨린 승려를 파계승이라고 부

른다. 개신교에서는 뭐라고 부르는지 모르겠다. 친구들도 모르겠던지, 그냥 날 파계승이라고 불렀다. 모태신앙 파계승은 많은 것에서 자유로워졌다. 친척들, 부모님, 죄책감과 책임감 등등. 동네 어른들에게 인사를 할 수는 있지만 그들과 함께 교회에 앉아 차별금지법 반대 서명을 할 수는 없었다. '서로 사랑하라.' 내가 성경을 통해 읽고 배운 예수의 정신이었다. 이런 말 하면 신성모독으로 잡혀가려나?

하지만 '진짜'는 이제부터 시작이다. 『소녀행』을 완결내고 빈둥거리던 어느 날, PD님께 연락이 왔다. 다른 작가가 만든 SF 아이디어가 있는데, 이걸 넘겨받아 확장해서 이야기를 만들어보자는 제안이었다. 당시에는 읽어본 SF가 손에 꼽았다. 본 영화도 거의 없었다. 그래도 언제까지고 빈둥댈 수는 없어서 일단 아이디어 노트를 읽어보기로 했다.

로봇과 인간의 전쟁으로 인간은 거의 멸종한 아포칼립스 세계관이었다. 사이보그 남성이 인류의 마지막 희망인 인간 여성을 냉동 수면에서 깨우면서 이야기는 시작된다. '당연히' 사이보그 남성에게는 자기도 몰랐던 힘이 내재되어 있다. '당연히' 인간 여성은 신비로운 미인이다. 구출하고 구출당하는, 보호하고 보호받는 구조를 비틀 요소가 필요했다. 고민 끝에 나는 임신중절하는 여성 주인공을 그리기로 했다.

2016년 폴란드에서는 10만 명이 넘는 여성들이 거리로 쏟아져 나왔다. 임신중절을 전면 금지하는 법안에 반대하는 사람들이었다. 폴란드에서 가톨릭은 나라의 정체성이라고 할 만큼 사회문화적으로 뿌리 깊게 박혀 있다. 성폭행, 근친상간, 임신부의 생명 위협 등을 제외한 임신중절 금지 법안이 있었던 이유도 종교와 무관하지 않을 것이다. 그런데 폴란드 정부와 집권 여당에서 모든 종류의 임신중절을 금지하겠다는 법 개정안을 내놓았다. 임신부와 의료진이 최대 징역 5년 형을 받을 수도 있는 법안이었다.

여성들은 가만히 있지 않았다. 자기 결정권을 되찾기 위해 모든 일을 그만두고 밖으로 나왔다. 검은 옷을 입고 검은 우산을 들고 나와서 이 시위를 '검은 시위'라고 부른다. 독일과 영국 등 다른 나라에서도 지지 시위가 벌어졌다. 폴란드 정부는 백기를 들었고, 법 개정안은 전면 폐지되었다.

이즈음 한국 정부는 '낙태 수술 의사에 대한 처벌을 강화하는 법' 개정안을 예고했다. '검은 시위'를 지켜본 우리가 가만히 앉아 있을 수는 없었다. 사람들은 검은 옷을 입고 나와 임신중절 합법화 시위에 나섰다. 이 시위는 끝내 2020년 '낙태죄' 헌법불합치 판결을 이끌어 냈다.

친구들과 시위에 나가서 나눈 심심풀이 농담이 있다. "만약 내가 마리아야. 내가 남자랑 자지도 않았는데 임신했어. 근데 그게 메시아래. 너무 안 낳고 싶을 것 같은데 어떡하지? 그러니까 '낙태죄'는 폐지되어야 해. 혹시라도 메시아 임신하면 어떡해." 모태신앙 파계승 친구들은 무척 재미있어했다. 나는 이 농담을 작품에 써먹기로 했다.

『라나』의 주인공 라나의 몸속에는 세계를 구할 신이 들어 있다. 라나는 성모라고 불리며 존경받지만 썩 기쁘지만은 않다. 사람들이 라나를 한 인간이 아닌 신을 담은 캐리어, 메시아를 낳을 자궁으로 여기기 때문이다. 라나는 성모가 아닌 라나의 인생을 살기 위해 임신중절을 결심한다. 아무래도 내게 번개 같은 영감, 지하수처럼 솟아오르는 영감이 찾아오지 않는 이유는 다 『라나』라는 약 60편짜리 신성모독 때문인 것 같다.

하지만 신의 축복을 받는 작가는 많지 않아 보인다. 아라카와 히로무는 『전설의 마법 쿠루쿠루』 작가 에토 히로유키의 화실에서 문하생을 한 경험과 평소 연금술에 관련된 책을 탐미한 덕에 『강철의 연금술사』를 만들었다. 『혼자를 기르는 법』의 김정연 작가는 자신이 겪고 느낀 서울이라는 채널을 이야기하고 싶다는 마음으로 작품을 시작했다고 회상한다. 나도 비슷하다. 대부분 내가 좋아하는 것들, 내가 살면서 알게 된 것들을 창작의 땔감으로 사용한다.

창작은 영감이라는 빅뱅이 펑 하고 폭발해 만들어지기보다, 작가를 이루는 별들을 이어 그린 별자리에 가깝다고 생각한다. 작가가 무의식적으로 쌓아 올린 '나'라는 인간을 목적과 의식을 가지고 천천히 뜯어내 다시 쌓는 행위다. 그래서 나는 창작을 하다가 내 안에 아무것도 없어서, 아는 것이 없어서 막힐 때 가장 공포스럽다. 그럴 때는 이 창작적 가난을 들킬까 두려워 얼른 책과 자료를 찾아다 읽는다. 세상이 영감이라고 부르는 것들은 이미 내 속에 있어야 한다. 창작을 마음먹은 바로 '그 사람'이 영감이다.

　『정년이』 연재를 마치고 차기작에 대한 질문이 많았다. 나도 최대한 빨리 작품을 다시 시작하고 싶었다. 이 것저것 떠올려보려 노력했지만 모두 허사였다. 근 3년 동안 보고 듣고 읽은 모든 것을 『정년이』에 써먹은 탓이었다. 스스로를 쥐어짜봐도 마른걸레처럼 아무것도 떨어지지 않았다. 하는 수 없이 놀았다. 이럴 때 벼락같은 영감이 떨어지면 참 좋을 텐데. 전부터 한 생각이지만 신은 쩨쩨한 것 같다. 이번에도 스스로 부지런히 움직이는 수밖에 없다.

여자에 살고 여자에 죽다

부천국제만화축제에서 대상을 받고, 전시회 준비를 시작했다. 첫 회의에서 『정년이』에 대한 이야기를 오래 나누었다. 다른 사람들 입에서 나오는 감상을 들으면 쑥스러우면서도 재미있다. 사람들이 어떻게 이 이야기를 받아들였는지 궁금하다. 그러고 보니 이 회의처럼 진지하고 길게 감상을 들은 적은 처음이었던 것 같다.

"사실 마지막까지 긴장했어요. 부용이랑 정년이가 '찐'이 아닐까 봐." 이해한다. 한국의 대중문화 콘텐츠에서 퀴어 커플이 나오는 경우는 드무니까. 덕분에 윤정년과 권부용은 연재 내내 진정성을 의심받았다. 두

79

사람 외에도 '공식적으로 커플 인증서를 받지 않은 여자들을 연인으로 보지 말라'는 의견이 심심찮게 나왔다. 이런 의심에는 퀴어 커플을 받아들이지 못하는 혐오 어린 시선도 섞여 있었을 것이다. '진정한 사랑'은 오직 이성애자 커플의 전유물 아니던가.

독자들의 의심과 불안은 '찐'에 대한 갈망으로 이어진다. 송소라 선생님이 쓴 논문에 다음과 같은 내용이 있다.

> 웹툰 『정년이』의 경우, 여성 캐릭터의 관계를 여성 간의 친밀함, 깊은 우정으로만 그려내도 되었다. (…) 그러나 『정년이』의 작가는 소녀들의 사랑과 우정에서 나아가 성숙한 여성 간의 사랑을 지향한 결말을 내었고, 이와 같은 마무리는 대중문화 속 여성 서사의 새로운 국면을 열어간 의미가 있다. 무엇보다 이에 대한 대중의 긍정적 반응과 평가는 여성 간의 사랑을 오늘날 자연스럽게 받아들일 수 있는 문화적 토양이 마련되었음을 보여주며, 더 다양한 여성 서사가 나올 가능성을 열어준

의미가 있다.[ᆫ]

회의에서 나온 감상과 논문은 일맥상통한다. '찐'에 목말라 있던 사람들에게 내가 그만…… 과한 레즈비언 이야기를 하고 만 것이다. 하지만 나는 좀 다른 의미로 어지럽다. 사람들이 알고 있는 『정년이』 줄거리는 과한 레즈비언 이야기를 안 하려고 애를 쓴 결과물이다. 과한 레즈비언 이야기를 안 하려고 노력한 결과물이 과한 레즈비언 이야기가 되다니. 대중과 나 사이에 흐르는 한강을 메워야…….

진리와 나는 함께 현대문학사를 들었다. 조동일 선생님의 『한국문학통사』를 바탕으로 공부했다. 그때 나는 현대문학보다는 근대문학, 근대문학보다는 고전시가가 더 재미있었다. 희곡에는 흥미가 아예 없었다. 내가 저녁으로 뭘 먹을지 고민하는 동안, 진리는 열심

<hr />

송소라, 「웹툰 〈정년이〉를 통해 본 여성공동체 서사의 재맥락화 양상과 의미-여성의 성장, 연대, 그리고 사랑」, 『어문학語文學』, 제161집(2023), 한국어문학회, 171쪽.

히 수업을 들었다. 희곡을 사랑하고 여자는 더 사랑하는 그가 여성국극을 놓칠 리 없었다. 학기를 마치고 진리가 논문을 한 편 보내줬다. 김지혜 선생님이 쓴 「1950년대 여성국극공동체의 동성친밀성에 관한 연구」였다. 여성국극단 내에서 일어난 여러 사건 사고들을 정리한 부분에서 나는 그만 정신을 잃고 말았다. 여자들끼리 모든 배역을 맡아서 연기하는 것만으로도 좋아죽겠는데, 단체생활을 해? 후배가 선배들 시중을 들어? 선배는 후배를 괴롭히고 후배는 선배를 사랑했다고? 나는 잔뜩 흥분해서 진리에게 외쳤다. "이거 웹툰으로 만들래!"

1910년부터 1950년대까지의 한반도를 좋아한다. 그 시절은 이상한 가능성으로 들끓던 도가니 같다. 옛 조선의 발자취가 남아 있으면서 서양 문물이 섞여 있고, 지배자(일제강점기에는 일본 정부, 광복 이후에는 한국 정부)가 주입하려는 이데올로기와 일반인들이 보편적으로 즐기던 문화 사이의 간극이 웃기다. 예컨대 강원도 일부 지역에서는 1940년대까지 '수동무'라는 문화가 있었다. 마을 남자 어른이 남자아이와 수동무를 맺으면, 두 사람은 일종의 파트너 관계가 된다. 남자 어른은 소년에게 경제적인 지원을 해주고 소년은 어른에게 순종한다. 때때로 소년은 수동무 관계를 맺은 남성의 아내와 같은 집에 살면서 '동서'로 불리기도 했다.ʻ

그런가 하면 1925년에는 30년 동안 남장을 하고 살아온 47세 이준식 씨가 신문에 소개되기도 했다. 이준식 씨는 과묵함, 출중한 학식, 지극한 효심 등 당시 양반 남성이 할 법한 행동 양식을 체화했다. 문중을 비롯한 지역사회는 이준식 씨를 남자로 대우했다. 1929년에는 춘천읍에 살던 김창룡이라는 남성이 여장을 했다는 이유로 경찰에 신고당했다. 김창룡 씨는 어린 시절부터 여장을 하고 여자로 살아왔다. 경찰에게 붙잡힌 날도 여자인 친구와 놀러 나온 길이었다. 그의 태도와 말투는 여자와 다름이 없었다고 한다. 경찰은 김창룡 씨에게 남자 옷을 입도록 명령했다.ʻʻ

ʻ   박차민정, 『조선의 퀴어』, 현실문화, 2018, 75~77쪽 참조.
ʻʻ   위의 책, 115~116쪽과 135~136쪽 참조.

성별 이분법을 거스르는 김창룡 씨를, 경찰로 대표되는 소위 '문명국' 입장에서는 받아들일 수 없었을 것이다. 그러나 김창룡 씨의 고향 춘천에서는 그를 그냥 그런 사람으로 여긴다. 수동무 관계를 맺고 사는 남성들도 그냥 그런 사람이겠거니 한다. 현대를 살아가는 우리는 한 명의 경찰이 되어 약 100년 전 한반도인의 퀴어함에 놀란다. 우리가 절대적이라고 믿는 법칙, '이상하다'는 감각은 얼마나 얄팍한가. 이상하고 퀴어한 상태가 정상성보다 우선했던 시기. 이 음침한 조선의 뒷골목이 나는 짜릿하다.

광복을 맞은 어느 날, 박록주 명창은 지쳐 있었다. 드디어 우리말로 창을 할 수 있게 되는 줄 알았는데 국악인으로서의 길은 녹록지 않았다. 당시 여성 국악인은 그 수도 실력도 남성에 비해 월등했다. 그에 마땅한 대우가 주어져야 하는데도 기존 국악 단체는 남성 위주로 돌아갔다. 여성을 여전히 화초 취급하는 단체의 태도에 박록주 명창은 더 이상 참지 못한다. "여자들만 따로 모여 단체를 만들 필요가 있어."[1] 1948년 봄, 회장 박록주 명창을 중심으로 '여성국악동호회'가 출범한다. 이들이 창립 공연으로 올린 〈옥중화〉가 여성국극의 시초다.

'모든 배역을 여성이 맡는다.' 여성국극의 왕자로 불렸던 임춘앵 배우는 처음엔 이 아이디어를 썩 좋아하지 않았던 것 같다.[2] 그는 천천히 남역 배우로서 두각을 나타낸다. 관객들은 이 새로운 장르에 아낌없이 꽃을 던졌다. 특히 시골에서 도시로 올라온 식모, 공장에서 일하는 여성들이 주 관객층이었다. 남녀가 유별했던 여학교 학생들도 다수 있었다. 그들은 다양한 이유로 여성국극을 사랑했다.

나는 여성국극의 이상함이 좋다. 무대 위에서 젠더를 횡단하는데 그걸 수많은 사람이 너무너무 좋아한다. 기마경찰이 인파를 정리하고 팬이 배우에게 혈서를 써서 보낼 정도로. 여성국극이라는 울타리 안에서

[1]   반재식·김은식, 『여성국극 왕자 임춘앵 전기』, 백중당, 2002, 81쪽.
[2]   위의 책, 90쪽 참조.

여성들이 서로에게 보낸 사랑은 간절하고, 일정 부분 섬뜩하다. 남아 있는 기록을 살펴보면서 이 여자들을 더 알고 싶어졌다. 착한 여자, 나쁜 여자, 못된 여자, 순한 여자, 양심에 털 난 여자, 귀여운 여자…… 그들을 한데 모아서 셰이커로 섞어버리면 무슨 맛이 날까 궁금했다.

그래서 첫 기획안이 완전히 로맨스였던 것이다. 돈만 알고 사랑엔 문외한이던 윤정년이 돈보다 사랑을 선택하는 이야기를 하고 싶었다. 이 중심 서사는 끝까지 크게 변하지 않는다. 가장 많이 변한 인물은 주란이와 영서다. 영서는 본편에서도 어머니에 대한 인정욕구 때문에 그닥 건강한 인물은 아니었지만, 초기 기획안에 비하면 엄청 건강해졌다.

1970년대 명동에는 '샤넬 다방'이라는 이름의 다방이 있었다. 레즈비언들이 아지트로 활용하던 공간이다. 여자를 사랑하는 여자들은 샤넬 다방에서 자유롭게 파트너를 만나고 문화를 향유했다. 샤넬 다방과 비슷한 공간이 1950년대에도 있지 않았을까? 상경한 정년이가 레즈비언 문화를 이해하고 자기 정체성을 자각하는 외부 공간이 필요했다. 그렇게 만든 곳이 '파스텔 다방'이다.

주란이와 영서는 이 다방의 단골이다. 정년이가 처음 파스텔 다방에 간 날, 뒷골목에서 '바지씨'[1]들에게 얻어맞는 영서를 발견한다. 영서는 꼭 애인이 있는 중년 여성들 혹은 결혼한 유부녀만 골라 사귀고 버리는 습관이 있다. 정년이는 비 오는 날 먼지 나게 맞던 영서를 구해주지만 영서는 되레 화를 낸다. 건드리면 털을 빳빳하게 세우고 이를 드러내는 들고양이 같은 친구였다.

한편 주란이는 순교하는 레즈비언이었다. 앞서 언급했던 김지혜 선생님의 논문에는 이런 에피소드가 나온다.

J가 경수 언니를 너무 사모하니까 단원들을 다 모이라

---

[1] 주로 바지를 입고 머리가 짧은, 남성성을 표현하는 레즈비언 여성들을 가리킨다.

고 그래 갖고 '너. 인제 정말로 언니로만 생각할래? 안 그러면 너 자꾸 이상한 맘 먹을래?' 그러니까 '저는 죽어도 언니를 사랑합니다' 그랬어. 끝까지 사랑한대. 그러니까 우리 이모가 경수 언니를 홀딱 벗겼어. '봐라, 남자니? 아니지?' 망신을 주는 거지. 완전히. 그러면서 그렇게 패는데도 J가 '안 그러겠습니다'를 안 했어. (…) 언니 뒤 따라다니면서 시중 다 하고 이러니까, 언니가 걔가 너무 안됐더라는 거야. (…) 그래가지고 그때부터 사람들 보란 듯이 '너 이리와', 밤만 되면 방으로 오라고 해서 팔베개를 해주고 잤어(김혜리 2).ᒼ

지독하다, 지독해. 하지만 더 지독한 사람은 나다. 초안에서도 주란이는 옥경이를 동경해 국극단에 들어온다. 자기 마음을 매일 편지로 쓰지만 전달하지 못하고 숨겨둔다(이 설정은 프로모션 이미지에 편지를 쓰는 주란이로 남아 있다). 혜랑이는 옥경이가 점점 국극에 마음이 뜨

ᒼ   김지혜, 「1950년대 여성국극공동체의 동성친밀성에 관한 연구」, 『한국 여성학』, 제26권 1호(2010), 한국여성학회, 113~114쪽.

고 있음을 눈치챈다. 게다가 옥경이는 영화사 대표와 결혼 발표를 한다.

그러나 주란이는 오히려 차분하다. 배신감에 날뛰는 혜랑에게 "내 사랑은 오로지 나의 것. 나는 배신당하지 않아요"라고 말한다. 불난 집에 부채질하는 꼴이다. 혜랑이의 갈 곳 잃은 분노는 주란이를 향해 쏟아진다. 소복은 혜랑이의 밀고로 주란이가 숨겨둔 편지들을 찾아낸다. 소복이 극단 내에서 벌어진 염문을 두고 볼 리 없다. 주란이는 소복의 매서운 매질을 온전히 견딘다. 몸이 약한 주란이는 결국 옥경이의 품에서 숨을 거둔다. 다시 봐도 누가 썼는지 인정머리라고는 눈곱만치도 없다.

하지만 주란이의 순교는 그때 내게 꽤 중요한 에피소드였다. 주란이는 정상성의 칼바람에 죽는 것이 아니라 다른 여자의 질투로 순교한다. 나는 당시 정상성 사회에서 괴로워하는 레즈비언 이야기에 질릴 대로 질려 있었다. 기왕 괴로울 거면 괴로움의 원인과 결과 모두 여자이길 바랐다. 사랑의 순교자 홍주란. 여자에 의해 살고 여자에 의해 죽다.

이 과한 레즈비언 기획안은 내 데스크톱 안에 고이 잠들어 있다. 본편에는 최대한 덜고 덜어 사회적 합의를 마친 지독함만 남겼다. 이제 내가 느끼는 어지러움을 여러분도 이해할 수 있으리라. 본래 초기 기획안이란 시간이 흐른 뒤 열어보면 온몸이 불에 타들어가듯 부끄럽고 그저 만물에 사과하고 싶은 죄송한 마음이 들기 마련인데, '찐'을 찾는 여러 사람을 위해 공개한다. 그러니 독자들이여, 걱정 마시고 마음대로 상상하시라. 누구보다도 과한 레즈비언 이야기를 쓰는 사람이 여기 있다.

2

유난한 사랑

오타쿠 DNA 가설

오타쿠 DNA는 실재한다고 굳게 믿는다. 그것은 세대를 걸러 격세유전되는데, 형제가 두 명 이상이라면 반드시 한 명 이상은 갖고 태어난다.

영은 내 가설을 뒷받침하는 훌륭한 모델이'었'다. 영이 고등학교에 입학할 무렵 나는 대학생이었다. 중학교를 졸업하는 기념으로 작은 선물과 편지를 써줬다. 당시 영은 〈러브 라이브!〉의 광팬이었다. 나는 〈아이돌 마스터〉를 좋아하는 입장으로 〈러브 라이브!〉 팬들에게 이상한 라이벌 의식을 느끼고 있었다. 영에게 보낸 편지에는 〈러브 라이브!〉가 얼마나 〈아이돌 마스터〉보다 못한 작품인지 조목조목 반박하는 내용도 있다. 이

논리정연한 반박은 영의 고등학교 졸업 편지에서도, 군대 인터넷 편지에서도 계속된다.

영과 나는 네 살 차이다. 영은 머리카락이 부들부들한 아기였다. 누가 건드리지 않아도 머리가 솜털처럼 서 있었다. 부모님은 대체로 일 때문에 바빴다. 영은 두 누나와 함께 컸다. 그 탓에 오랫동안 나를 언니라고 불렀다. 엄마는 누나라고 부르게 하려 무진 애를 썼지만 잘 고쳐지지 않았다. 나는 그게 은근히 좋았다. 영의 손에 버스표를 챙겨주고 운동화와 실내화를 빨아주는 사람은 나였다. 함께 눈사람을 만들고 '세일러문 놀이'를 하는 사람도. 영이 엄마보다 누나들과 비슷해지는 건 당연했다.

영이 아직 코를 찔찔 흘릴 때 나는 중학교에 입학했다. 진학한 학교는 집에서 멀었다. 아침 6시 반에 일어나서 출발하면 학교에 8시 20분쯤 도착했다. 나는 학원 차에서 가장 늦게 내렸다. 집에 도착하면 밤 11시가 훌쩍 넘곤 했다. 집에서는 잠만 자면서 학교를 다닌 셈이다. 고등학교부터는 기숙사에서 생활했다.

수능을 보고 돌아온 집은 모든 것이 낯설었다. 18년

간 살았던 집을 떠나 새로운 집으로 이사한 참이었다. 그 집엔 내 방도 책상도 없었다. 꼭 남의 집에 얹혀사는 기분이었다. 내 물건은 초등학생 때부터 모아온 일기와 앨범뿐이었다. 그리고 가장 낯선 건 아저씨가 되어 나타난 영이었다.

영은 못 본 사이 과묵한 고등학생이 돼 있었다. 고민이 많아 보였다. 엄마도 아빠도 한 살 위인 누나 미미도 다 귀찮아했다. 나는 영을 이해하고 싶었지만 대학도 가야 했다. 서울로 떠나기 전, 영의 휴대폰 배경 화면을 우연히 봤다. 〈러브 라이브!〉였다. 분명히 〈러브 라이브!〉 토조 노조미였다.

나는 조금 들떴던 것 같다. 여동생 미미는 나와 정반대 성향을 가진 사람으로 자랐다. 교복 치마를 줄이고 아침마다 거울 앞에서 쌍꺼풀을 만들다가 엄마에게 엉덩이를 맞는 소녀였다. 컴퓨터와 인터넷을 어려워하고, 남자친구를 사귀었다. 반면 나는 교복 치마가 너무 길어서 줄이고 오라는 말을 듣는 학생이었다. 화장은커녕 스킨로션도 바르지 않고 젖은 머리로 등교하는 야생의 여고생이었다.

나는 미미와 오타쿠 토크를 하기 위해 애를 썼지만 상대방의 관심 부재로 번번이 실패했다. 하지만 영은, 영은 아니었다! 우리는 10분 정도 〈러브 라이브!〉와 〈아이돌 마스터〉에 대해 떠들었다. 아니, 주로 내가 떠들고 영은 들었다. 영은 더 이상 나를 언니라고 부르지 않았지만 우리는 여전히 비슷했다.

대학을 졸업하기 전에 『보에』 연재를 시작했다. 엄마는 끝끝내 작가가 되길 선택한 나를 못마땅해했다. 그 시절 나는 무척 자유로운 동시에 죄인이었다. 이야기를 만드는 나는 무엇이든 될 수 있다고 느꼈지만 쓰는 일을 멈추고 있는 동안은 영원한 수인囚人이 된 기분이었다.

영은 데뷔작을 봐준 몇 안 되는 주변 사람 중 하나다. 『보에』를 연재하고 있을 때 영에게 전화가 왔다. 아니다. 방학 때 직접 얼굴을 봤었던가? 기억이 가물가물하다. 하여튼 어떤 때, 영은 내게 말했다. "누나는 대체 그런 악플을 받으면서 어떻게 연재를 하는 거야?"

목소리는 조금 격양되어 있었다. 어이도 없어 보였다. 『보에』는 유리천장을 견디지 못하고 회사를 뛰쳐

나온 설경이 주인공이다. 아마 그래서 공격을 받았던 모양이다. 댓글을 전혀 보지 않아서 모르고 있었다. 내가 어물어물하는 사이 영은 화제를 돌렸다. 자기 말은 잊으라는 듯이.

하지만 나는 종종 영의 말을 떠올린다. 영은 아무도—심지어 나조차도—내 이야기를 보지 않는 것 같았던 때, 나를 지켜보고 지켜주려던 내 편이었다. 작품의 어려운 고비마다 영의 목소리를 떠올리면 마음이 든든하다. 영이 본 내 웹툰은 『보에』이후엔 없는 듯하지만, 앞으로 영원히 안 본다 해도 상관없다.

실망스럽게도 영은 이제 〈러브 라이브!〉를 좋아하지 않는다. 내가 아무리 권해도 애니메이션도 안 보고 게임도 안 한다. 영은 어쿠스틱기타와 유튜브, 자동차 드라이브의 세계로 가버렸다. 그래도 우리는 한 시간씩 통화하고 함께 새해 카운트다운을 한다. 영은 고양이를 키우고 싶어 하고 나는 보호소 고양이 사진을 보낸다. 우리는 여전히 비슷하다.

영은 내가 보내준 이 글을 읽고 재미있다는 짧은 평과 함께 여전히 애니메이션을 보고 있다는 깜짝 고백

을 했다. 그저…… 내가 영업한 작품들만 보지 않는 것

이었다. 배은망덕한 놈.

야비한 나의 용사여

코로나19 시기에 불티나게 팔린 것이 있으니, 바로 닌텐도 게임 〈링 피트〉다. 사회적 거리 두기 때문에 밖으로 나갈 수 없는 상황과 병에 대한 걱정이 맞물리면서 사람들의 구매욕을 불러일으켰던 것 같다. 나도 그중 한 명이었다. 오래전부터 닌텐도 게임기를 갖고 싶었다. 한…… 초등학교 3학년쯤부터. 가격이 가격이다 보니 쉽게 구매하지 못하고 망설였다. 이렇게 '어쩔 수 없는 상황'에는 사야 하는 것 아닐까? 코로나19 때문에 운동을 못 하다니 이를 어째. 어쩔 수 없네. WHO도 추천한다던데. 진짜 어쩔 수 없네. 살 수밖에.

〈링 피트〉는 필라테스 루프처럼 생긴 동그란 링으로

조작한다. 게임 캐릭터가 되어 적들을 물리쳐야 하는데, 물리치려면 최대한 정확하게(라고 쓰고 '고통스럽게'라고 읽는다) 게임이 제시하는 동작을 해내야 한다. 제대로 운동하면 땀이 줄줄 난다. 홈트레이닝의 달인, 홈트레이닝의 신, 홈트레이닝의 지배자 미미는 레벨 100까지 해냈다. 멋진 녀석. 일본에 사는 친구는 꾸준히 3개월을 하고 복근을 얻었다. 그럼 나는? 튜토리얼 이후 두 번 다시 〈링 피트〉에 접속하지 않았다.

대신 새로운 기록들을 쌓았다. 다른 게임에 미친 것이다.

온라인게임은 즐기지 않았다. 소통이 싫었다. 불특정 다수의 사람이 동시접속하는 온라인게임은 다른 유저와의 소통이 필수다. 게임 캐릭터를 움직이면서 사냥하기도 바쁜데 다른 사람과 소통할 시간이 어디 있나. 하지만 게임 제작자는 어느 레벨에 이르면 반드시 소통을 해야 게임을 진행할 수 있게 만든다. '파티'를 구성해 던전을 공략하는 방식이 가장 기본적이다. 파티. 정말 싫다. 내가 한 사람 몫을 할 수 있을지 없을지 신경 쓰이기도 하고, 못했다가 욕먹는 건 더 싫다. 누군지 아는 사람한테 욕먹어도 화나는데 모르는 사람한테 욕먹으면 그 분함을 어떻게 참아!

진리는 〈마비노기〉 헤비 유저다. 베타 서비스 시절부터 꾸준히 했다. 진리는 자꾸 나한테도 같이 〈마비노기〉를 하자고 꼬셨다. 가히 창과 방패의 싸움이었다. 게임을 하기 싫은 나와 같이 하고 싶은 진리. 결국 진리가 이겼다. 우리는 PC방에 갔다.

처음 접한 3D 세상은 너무 어지러웠다. 튜토리얼을 진행하는 동안 나는 캐릭터가 왼쪽으로 움직이면 몸을 왼쪽으로 기울이고 오른쪽으로 돌면 고개를 오른쪽으로 돌렸다. 모니터 속으로 들어갈 것처럼 구는 나를 보고 진리가 엄청 웃었다. 누구 때문에 이 고생을 하는데! 병아리와 닭이 돌아다니는 티르 코네일 언덕을 오르기까지 시간이 꽤 걸렸다.

역시 진리는 거짓말은 안 했다. 〈마비노기〉는 재미있었다. 정확히는 〈마비노기〉의 세계가 재미있었다. 현실을 본떠 만든 가상공간에는 현실과 다른 가상공간만의 아름다움이 있었다. 예상치 못한 비와 눈, 차곡차곡 쌓인 성벽. 하늘을 올려다보면 빛나는 별들이 쏟아질 듯했고 설원에는 내 발자국이 남았다. 꼭 정교한 미니어처 같았다. 나는 대륙 이곳저곳을 돌아다니면서 낚시를 하고 류트˙를 뜯고 해가 떠오르는 연보랏빛 하늘 아래, 반짝거리는 모래사장을 걸었다.

문제는 내가 '쪼렙'이라는 점이었다. 더 넓은 세계를 여행하려면 자기 몸을 지킬 정도의 무공이 있어야 하는데 나는 훈련을 게을리하고 양털만 깎았다. 때로는 달걀만 줍기도 했다. 전투, 던전 공략, 퀘스트 진행 따위는 낚시를 방해하는 귀찮은 일이었다. 모든 콘텐츠를 통달한 진리가 곁에 없으면 울라 대륙을 벗어나기 무서웠다. 죽음을 무릅쓴 용감한 여행을 몇 번 감행한 끝에, 〈마비노기〉는 그만뒀다.

닌텐도 스위치가 막 나왔을 때 내 트위터 타임라인은 〈동물의 숲〉과 〈젤다의 전설〉 스크린샷으로 가득했

˙ 현악기의 하나. 〈마비노기〉에서는 게임 내에서 악기를 구매하면 연주할 수 있다. 악보를 입력하고 연주 스킬을 작동하면 된다. 다른 유저와 합주도 가능하다!

다. 친구들은 전갈을 잡은 이야기나 젤다 안에서 퍼즐 푸는 이야기를 하며 즐거워했다. 재미있어 보였다. 무엇보다 두 게임은 다른 사람과 소통하지 않아도 할 수 있었다. 닌텐도 스위치와 〈링 피트〉를 구매하면서 〈젤다의 전설: 야생의 숨결〉도 함께 다운로드받았다. 그게 어떻게 내 인생을 망칠 줄도 모르고……

게임은 주인공 링크가 잠에서 깨어나면서 시작한다. 젤다 공주의 간절한 부름을 받아 빌런인 재앙 가논으로부터 하이랄이라는 세계를 구하는 줄거리다. 플레이어는 링크가 되어서 하이랄 대지를 돌아다닌다. 조작법이 익숙하지 않아 처음에는 애를 먹었다. 간신히 몇 발자국 걸었다. 더 가면 절벽이었다. 내 링크는 제자리에서 빙글빙글 돌더니 그만 절벽 아래로 떨어졌다. 그래서 죽었다.

죽었다! 죽었다고! 아니, 보통 캐릭터가 절벽에서 떨어지지는 않지 않나? 조작하려 해도 보이지 않는 벽이 가로막아 진입 불가능한 것이 게임의 암묵적인 룰 아니었냐고. 〈젤다의 전설〉 제작진은 링크가 어디를 가든 막지 않았다. 내 링크는 갖가지 방법으로 죽었다. 고산

지대에서 얼어 죽고, 불가에 가까이 있다가 타 죽고, 사막에서 더위 먹어 죽고, 물속에 오래 있어서 익사하고, 절벽을 타다가 낙사하고, 벼락이 치는 어느 날에는 벼락 맞아 죽었다. 고장 난 줄 알았던 고대 유물이 갑자기 생명체가 되어 빔을 쏘질 않나, 친절한 여행객이 자객으로 변신해서 공격을 하질 않나. 이놈들아 그만 죽여라!

그래도 내가 죽는 건 견딜 만했다. 어느 날은 말을 타고 달리다 산에서 떨어졌다. 링크는 괜찮았는데 그만 말이 죽었다. 충격적이었다. 내 말. 내 충직한 말이. 나와 하이랄 대지를 바람처럼 내달리던 내 말…… 사과를 주면 우적우적 소리를 내면서 먹던 내 말……! 아직도 다리를 축 늘어뜨리던 사망 모션이 생생하게 떠오른다. 악독한 제작진. 어떻게 말 죽일 생각을 할 수가 있어! 그날은 바로 게임을 껐다.

조작법에 익숙해지면서 죽음의 그림자는 서서히 링크를 떠났다. 조금씩 더 오래 살아남게 되자 게임 환경이 눈에 들어왔다. 〈젤다의 전설〉은 다른 사람과 소통할 필요 없는 〈마비노기〉였다. 게임 내에서는 시간이 흐르고 날씨가 변했다. 지역별 기후도 달랐다. 사막지역은 낮에는 덥고 밤에는 추워서 따뜻한 옷을 입거나 시원한 음식을 먹거나 해야 한다. 수목이 우거진 열대우림은 하루 종일 낙뢰와 비가 쏟아졌다.

붉은 산맥을 따라 흐르는 폭포수와 계곡, 까마득히 자라난 나무들. 높은 산에 올라 내려다본 대지의 끝없이 펼쳐진 지평선과 저 멀리 떠오르는 빛나는 태양은 너무도 아름다웠다. 한번은 눈보라가 내리치는 설산에 있었는데, 갑자기 눈이 그치고 해가 떴다. 쌓인 눈의 질감이 생생했고 눈에서 반사된 하얀빛이 눈부셨다. 에베레스트산 정상의 만년설을 직접 보면 그런 느낌이지 않을까. 방구석에서 만년설을 꿈꿀 수 있다니. 감격스러웠다. 나는 하이랄을 구해달라는 공주님의 애타는 부탁을 뒤로한 채, 대륙 이곳저곳을 여행했다.

탐험을 마치고 나서야 본업으로 돌아갔다. 〈젤다의 전설〉은 그렇게 해도 된다. 메인 퀘스트와 서브 퀘스트, 탐험 중 무엇을 먼저 시작하든 상관없다. 플레이어 마음대로다. 내 링크는 실컷 논 덕분에 전투력이 형편없었다. 서툰 컨트롤은 덤이었다. 나는 그동안 탐험하면서 열심히 채집한 과일로 요리를 만들었다. 귀한 재료로 만든 요리를 먹으면 막강한 체력이 생긴다. 그렇다. 내 링크는 몸빵으로 버텼다. 몬스터가 때리면 때리는 대로 맞으면서 싸웠다. 몬스터 입장에서는 진짜 짜증 났을 것이다. 이제 한 대만 때리면 끝인 줄 알았는데 요리를 꺼내 먹고 다시 기운 내서 싸우는 용사, 때려도 때려도 계속 일어나는 용사라니.

너무 강한 상대와는 요리 도핑 몸빵이 안 된다. 이럴 때는 몬스터의 공격과 시야가 닿지 않는 곳에 숨어서 폭탄을 던졌다. 몬스터는 어디서 날아오는지 모를 폭탄에 맞아 서서히 죽어갔다. 참으로 야비한 나의 용사여…….

〈젤다의 전설〉의 이런 자유로운 플레이 방식은 나를 완전히 매료했다. 정신을 차려보면 금방 일주일이 지나 있었다. 밥 먹고 게임만 했다. 가끔은 밥도 안 먹었다. 출근 준비를 하려고 침실에서 나온 미미가 거실에 앉아 게임하는 나를 보고 기겁을 했다. 잠자는 시간을 아껴가면서 게임을 했더니 스틱을 쥔 엄지가 파드득 경련을 일으켰다. 덕만이는 자기를 쓰다듬어주지도 않고 모니터만 쳐다보는 나에게 아낌없는 발가락 깨물기로 불만을 표출했다. 그래도 멈출 수 없었다. 재미있었다. 너무너무 재미있었다.

폭주 기관차 같은 게임 플레이는 열흘 차부터 서서히 속도를 줄여서 한 달쯤 지나 완전히 마무리됐다. 플레이 시간을 보니 300시간이 넘었다. 그동안 내 링크는 용사만 쓸 수 있다는 검도 뽑고 방패도 갖고 하이랄도 구하고 젤다 공주도 만났다. 멋진 백마도 얻었다. 현실이레는 모르긴 몰라도 살 2킬로그램 정도는 빠졌을 것이다. 덕만이의 짜증과 미미의 한심한 시선은 덤이었다. 쌓아놓은 대본 세이브도 깎아 먹었다. 후회는 없었다. 난…… 하이랄을 구했으니까.

게임의 재미를 알게 된 나. 하지만 추천받은 게임을 섣불리 시작하지는 못했다. 내 성미가 문제였다. 게임을 시작하면 최대한 빨리 엔딩을 보고 싶었다. 눈앞에 진수성찬이 차려져 있으면 천천히 음미하면서 먹을 줄도 알아야 하는데, 나는 누구에게 빼앗길세라 입에 마구 쑤셔 넣었다. 〈모여봐요 동물의 숲〉도 〈파이어 엠블

렘 풍화설월〉도 〈포켓몬스터 레전드 아르세우스〉도 죄다 이런 식으로 플레이했다. 허겁지겁. 마파람에 게 눈 감추듯. 이렇다 보니 새로운 게임을 시작하기가 엄청 망설여진다.

이 성미는 모바일게임이나 PC게임에서도 별반 다르지 않다. 예전에 친구 추천으로 〈뱅드림! 걸즈 밴드 파티!〉라는 리듬게임을 했다. 여고생들이 밴드를 결성해 연주하는 콘셉트다. 친구는 분홍 머리 아이돌 캐릭터, 마루야마 아야에게 푹 빠져 있었다. 나는 마루야마 아야에 대해 잘 알게 되면 친구를 더 잘 놀릴 수 있을 거라고 생각했다. 오직 놀리기 위해서 밤 11시에 게임을 설치했다.

생각보다 밴드가 많았다. 밴드를 하는 소녀들은 더 많았다. 스물다섯 명의 미소녀들이 저마다 콘셉트에 맞춰 자기만의 연주를 했다. 밴드 스토리가 제법 재미있었다. 더 보고 싶으면 리듬게임을 하고 오라고 했다. 연주를 하고, 스토리를 읽고, 또 연주를 하고, 스토리를 읽고. 나는 그러기 위해 태어난 사람처럼 연주와 스토리 읽기를 반복했다. 한창 휴대폰을 두드리는데, 창밖에서 새 우는 소리가 들렸다. 멀리 동이 터오고 있었다. 휴대폰은 뜨끈뜨끈했고…… 어느새 시간은 아침 6시였다. 미미의 출근 알람 소리가 시끄럽게 울렸다. 하지만 멈출 수 없었다. 이제 막 우리 밴드 '포핀 파티'가 결성 됐다고요. 이 소녀들이 라이브 하우스에 서는 모습을 봐야 한단 말이에요. 게임 어떻게 멈추는데. 그거 어떻게 하는 건데.

요즘에 주로 하는 게임은 〈우마무스메 프리티 더비〉다. 거칠게 요약하면 〈프린세스 메이커〉 같은 미소녀 육성게임이다. 플레이어는 트레이너가 되어 일본의 유명 경주마를 모티브로 한 미소녀, 우마무스메를 3년 안에 최고의 달리기 선수로 키워낸다. 우마무스메에게는 말 귀와 꼬리가 달려 있다.

잠깐, 도망가지 마시라! 여기까지 설명하면 다들 뒷걸음질 친다. 나도 그랬다. 하다 하다 말을 미소녀 모에화하다니. 세상이 이렇게 타락해도 되는 걸까? 그런데 이 미소녀들, 우마무스메는 달리기에 말 그대로 미쳐 있다. 경기, 특히 유명하고 명예로운 경기에 나가 우승하고 싶어 한다. 이기기 위해, 가장 빠르게 달리기 위해, 소녀들은 훈련하고 서로 경쟁하면서 성장한다.

우마무스메 한 명 한 명에게는 실제 모델인 경주마들이 겪은 사건 사고를 반영한 성장 스토리가 있다. 얼마나 우여곡절이 많은지 스토리를 따라가다 보면 꼼짝없이 내 딸, 내 선수, 내 우마무스메가 우승해서 행복해지기만을 바라게 된다. 매번 꼴찌를 하면서도 성실하게 경주에 나왔던 하루 우라라나 대중의 미움을 사면서도 달리기로 사랑받고 싶어 하는 라이스 샤워 같은 캐릭터 스토리는 눈물을 흘리며 읽었다. 내 딸 지지마! 내 딸 사랑해!

이제 나는 닌텐도 게임 신작 소식을 궁금해하거나, 재미있다는 모바일게임은 한 번쯤 설치하는 사람이 되었다. 정말이지 닌텐도 스위치 사길 잘했다. 비록 여전히 내 〈링 피트〉 기록은 스테이지 1에 멈춰 있지만.

언젠가 내게 자제력이 생기면 〈문명5〉를 꼭 해보고 싶다. 도낏자루 썩는 줄도 모르고 신선과 바둑을 둔 나무꾼처럼 정신 차리면 일주일, 한 달이 지나가 있다는 전설의 게임. 지금 내가 했다가는 차기작이고 강의고 모두 잊고 게임만 할 것이 분명하다. 앗, 그러고 보니 나무꾼도 게임하다가 세월을 잊은 셈이다. 역시 게임 중독은 예나 지금이나 위험하다.

덕만

고양이 이야기를 쓰고픈 마음과 쓰고 싶지 않은 마음이 팽팽하게 맞선다. 창작자는 왜인지 고양이를 키운다. 그리고 꼭 고양이 이야기를 남긴다. 나까지 고양이 이야기를 쓰면 어쩐지 몰개성한 창작자가 된 것 같은 기분이다. 한마디로 식상하다.

하지만 창작자들이 왜 고양이를 키우는지, 왜 자기 고양이 이야기를 남기는지 너무나 잘 이해하기도 한다. 고양이가 나를 보는 눈빛과 따뜻하고 보송한 털 따위를 어떻게 자랑하지 않고 넘길 수 있겠는가. 개성과 몰개성, 참신함과 식상함 사이에서 나는 (늘 그렇듯) 또 몰개성하고 식상한 선택을 하려 한다. 덕만이의 개성과 참신함에 기대서.

　덕만이는 보통 코리안 쇼트헤어라고 불리는 한국 고
양이다. 등 아래는 하얗고 꼬리와 등에는 고등어 등 무
늬가 있다. 군데군데 노란색도 섞였다. 배에는 누가 물
감을 엎지른 것처럼 얼룩이 있다. 덕만이는 여름에 태
어나 귀가 크다. 눈동자는 옅은 호박색이다. 어떻게 보
면 연녹색 같기도 하다. 처음 덕만이를 본 사람들은 무
조건 다음과 같이 말한다. "진짜 길다." 덕만이는 몸통
이 길고 날렵한 고양이다. 매일 캣 휠을 돌려서, 움직일
때면 어깨 근육이 드러난다. 얼굴은 조막만 하고 꼬리
가 길다. 발바닥이 까맣고 성격이 나쁘다.
　성격이 나쁘다. 덕만이는 성격이 나쁘다. 고양이치
고도 나쁜 편이다. 덕만이는 어느 비 많이 오는 8월 발
견됐다. 임보자님의 설명에 따르면 일주일 내내 어디
서 아기 고양이 우는 소리가 들렸다고 했다. 점점 가까
워지던 울음소리가 임보자님 집 현관 앞에서 들린 날
구조됐다. 구조 당시의 아기 덕만이도 성격이 나빴다.
한 달 정도 된 아기 주제에 임보자님을 보자 열심히 하

악질을 해댔다. 임보자님은 고양이 간식을 이용해 유인하고 쓰레받기로 쓸어 담아 덕만이를 구조할 수 있었다.

임보자님 댁에는 숙희와 금희라는 멋진 어른 고양이 두 마리와 복희라는 착한 개 한 마리가 함께 살았다. 덕만이는 금방 집에 적응했던 것 같다. 아기 고양이답게 온 집 안을 휘젓고 다녔다. 복희가 아기 덕만이의 육아를 담당했다. 나는 복희를 실제로 만나보고 어떻게 아기 고양이 육아를 해냈는지 신기했다. 복희는 얌전하고 소심한 개다. 아주 착해서 낯선 내가 싫은데도 티내지 않고 참아줬다. 그에 비해 덕만이는 날아다녔다. 본 사람들은 알겠지만 아기 고양이는 진짜로 날아다닌다. 쉴 새 없이 놀고 커튼을 기어오르고 높은 곳에서 뛰어내린다. 덕만이는 숙희 언니에게 까불다가 맞고, 금희 언니와 창밖을 구경하면서 유아기를 보냈다.

임보자님이 비에 젖은 덕만이를 구조할 즈음, 나는 코타를 구조했다. 코타는 집 앞 놀이터에서 어미 고양이가 낳은 세 마리 새끼 중 하나였다. 진리가 우리 집에 오다가 웅크려 있던 코타를 발견했다. 누가 봐도 죽어가는 상태였다. 나와 진리는 머리를 맞대고 고민했다. 이 아이를 살리면 책임을 져야 한다. 그럴 수 있을까? 짧은 대화 끝에 우리는 고양이를 안고 병원으로 달려갔다.

심각한 탈수와 면역력 저하, 입에서 기생충이 튀어나올 만큼 심각한 기생충 감염 등으로 코타는 병원에 입원했다. 스스로 밥을 먹지 않으면 살기 힘들다고 했다. 병원 선생님들의 노력 덕분에 코타는 조금씩 혼자힘으로 밥을 먹었다. 닷새 뒤에 코타는 퇴원했다.

난 고양이를 처음 돌보았지만, 아기 고양이가 이렇게 얌전하지 않다는 건 알았다. 코타는 하루 종일 쿠션위에 누워 있다가 밥을 먹고 똥을 싸고 다시 조용히 누웠다. 장난감에도 간식에도 큰 관심이 없었다. 링웜이생겨서 털이 뭉텅뭉텅 떨어지고 연고를 덕지덕지 바른채 누워 있는 작은 고양이……. 너무 조용해서 고양이와 함께 사는 것도 까먹을 정도였다.

나는 바닥에 누워 그 고요한 고양이를 배 위에 올려놓고 낮잠을 자곤 했다. 코타는 내 배 위에서도 금방 잠들었다. 부드러운 선풍기 바람과 새하얀 여름 햇빛 그리고 고양이. 저녁때가 되어서야 다시 눈을 뜨면 어느새 낮을 채웠던 빛도 소란도 모두 사라지고 사방이 조용했다. 어두운 방 안. 오직 내 배 위의 따뜻한 털 생물만이 나를 조용히 바라보고 있었다. 우리는 그때 하나였던 것 같기도 하다.

코타와 지내면서 제일 많이 한 말은 '행복하냐'는 질문이었다. 내 인생은 코타 덕분에 내가 상상할 수 없던 방향으로 풍요로워졌다. 코타는 어떻게 그런 존재가 되어줄 수 있었을까. 고양이는 사랑스럽고 때로 경이롭다. 그래서 대답을 듣지도 못할 질문을 계속했다. 행복하니 고양아. 행복하면 좋겠다. 난 이렇게 행복한데 이런 행복을 주는 네가 불행하다면 세상은 영원히 공평해질 수 없게 계산된 것이 분명할 거야.

코타는 나와 2주를 더 보내고 죽었다. 사인은 범백이었다. 입원한 당일, 두 번째 면회를 갔다. 첫 면회 후 세 시간이 지났을 때였다. 아침까지만 해도 스스로 돌아다니던 아이였는데 산소방에 들어가 꼼짝도 하지 않고 숨을 거칠게 내쉬었다. 얼마나 힘들었는지 의사 선생님이 넣어준 그대로 웅크리고 있었다. 얼굴을 볼 수 없는 상태였다. 내가 할 수 있는 일은 그 애를 쓰다듬어주는 것밖에 없었다. 코타는 잠시 내 손길을 받다가 일어났다. 그리고 몸을 돌려 내 손에 얼굴을 기대어왔다. 그때 나를 보던 코타의 두 눈. 마치 나를 보고 싶어서 움직이기라도 한 것 같았다.

코타가 자기 의지대로 움직인 것은 이때가 마지막이다. 내 첫 고양이는 나에게 눈을 보이고 떠났다.

범백은 전염성이 강하다. 코타가 쓰던 물건을 버리고 방 소독을 하느라 정신이 없던 어느 날, 트위터에서 덕만이를 보았다. 분명히 입양 갔다는 멘션을 봤었는데, 다시 입양 홍보를 하고 있었다. 알고 보니 링웜이 있다는 이유로 파양당했던 것이다. 겨우 링웜 때문에! 아기 고양이에게 링웜은 감기 같은 병이다. 나는 분노에 찬 멘션을 남겼다. 이렇게 귀여운데! 이렇게 예쁜데! 어떻게 고작 링웜 때문에! 덕만이를 소개하는 피드와 사진도 리트윗했다. 하! 이 덜 자란 다리 좀 봐! 긴 꼬리 좀 보라고! 발바닥도 포도 젤리야!

그렇게 나는 입양 신청서를 써서 보냈다. 덕만이는 6개월령에 우리 집으로 왔다.

미미는 덕만이를 그닥 달가워하지 않았다. 굳이 따지자면 반려동물은 강아지를 더 선호했다. 고양이는 무서워하는 편이었다. 게다가 아웃도어파라 대체로 집을 비웠다. 어린 덕만이는 거의 나와 시간을 보냈다. 그러면서 임시 보호처에서 배운 사회성을 잃은 걸까? 덕만이는 나를 제외한 인간을 싫어한다(사실 가끔 나도 별로 안 좋아하는 것 같다). 같이 산 지 4년 된 미미에게 아직도 하악질을 한다. 초인종 소리가 들리면 후다닥 도망간다. 30분쯤 지나야 간신히 나와서 불청객의 얼굴을 확인한다. 하나하나 냄새를 맡아보다가 갑자기 주먹으로 때린다. 예외가 없다. 우리 집에 처음 온 사람은 무조건 한 대 맞는다. 때리고 나면, 불청객이 별거 아님을 확인이라도 한 것처럼 의기양양해져서 한결 편하게 지낸다.

그러다 보니 병원 방문에 애를 먹는다. 첫 건강검진 때, 수의사 선생님이 조심스레 말씀하셨다. "심박수 수

치는 신경 쓰지 않으셔도 될 것 같아요. 화가 많아서."

두 번째 건강검진 때는 진정제를 받아다 먹였다. 신기하게도 병원 가는 길에 울지 않았다. 진정제 최고! 수의사 선생님과 상담하는 동안에도 얌전했다. 그러나 가방에서 꺼내는 순간 덕만이는 내 손을 무참히 할퀴었다. 처치실에 들어간 덕만이는 자신의 용맹함을 더욱더 과시한 모양이었다. 진정제를 한 알 더 먹고 나서야 검진이 가능했다. 선생님은 약을 두 알 먹었으니 집에 돌아가서 잘 지켜보라고 하셨다. 비틀거리다가 넘어지거나 높은 곳에서 떨어질 수도 있다면서. 하지만 덕만이는 집에 도착하자마자 위풍당당하게 집 안 곳곳을 돌아다녔다. 꼬리가 하늘 끝까지 치솟은 것이 매우 즐거워 보였다.

고양이는 보통 먹는 것으로 달래곤 하는데 덕만이는 먹는 것도 싫어한다. 오직 건사료만 좋아하고, 건사료도 잔뜩 쌓여 있으면 적당량만 먹고 남긴다. 습식사료는 좋아하는 캔이 손에 꼽는다. 이마저도 수틀리면 안 먹는다. 인간 음식에는 당연히 관심이 없다. 물도 많이 먹지 않는다. 고양이는 신장질환에 잘 걸린다. 물을 많이 먹어야 건강하게 오래 산다. 나는 거의 울면서 습식 사료 그릇을 들고 한 입만 먹길 바라는 마음으로 덕만이를 졸졸 따라다니지만 매정한 덕만이는 혀끝도 대지 않는다.

어쩌다 이렇게 까탈스러운 고양이가 된 걸까! 영영이 작가는 다 나를 닮은 거라고 한다. 고양이는 반려인을 닮아간다나 뭐라나. 내가 이렇게 까탈스럽고 사람 싫어하고 공격적이라고? 거짓말……. 영영이 작가가 키우는 고양이들은 다 성격이 좋아서 하는 말이다.

다른 친구는 공주 이름을 붙여서 진짜 공주 고양이가 된 거라고 했다. 선덕여왕의 어린 시절 이름이 덕만이다. 드라마 〈선덕여왕〉 속 덕만이처럼 영리하고 깜찍한 친구가 되길 바라는 마음에서 지었다. 하지만 덕만이는 덕만보다 미실을 닮은 고양이로 자란 듯하다. "사람은 능력이 모자랄 수 있습니다. 사람은 부주의할 수도 있습니다. 사람은 실수를 할 수도 있습니다. 사람은 그럴 수 있습니다. 하지만 우리 집에 온 사람은 그럴 수 없어." 그런 고양이다.

미실을 닮은 덕만이의 뒤통수에서는 갓 삶아 빤 흰

면 셔츠 같은 깨끗한 냄새가 난다. 매일매일 그루밍을 하기 때문이겠지? 고양이는 매우 규칙적이고 성실한 동물이다. 아침이면 급식기에서 나온 밥을 먹고 거실로 향한다. 미미가 출근 준비를 마치고 나간 뒤 내가 일어난다. 이때는 쳐다보지도 않는다. 운동을 가는 걸 알아서다. 운동을 다녀오면 비로소 일어나 자기를 쓰다듬으라고 호통을 친다. 그럼 나는 털을 빗어준다.

만족스럽게 쓰다듬어주면 캣 타워로 올라간다. 로봇 청소기가 청소를 할 동안 피해 있는 거다. 청소가 끝나면 다시 거실로 나와 잠을 잔다. 4시쯤 작업 방으로 와서 내가 뭘 하나 본다. 괜히 몇 번 울어보고 간다. 6시에 저녁을 먹고 나면 놀 시간이다. 신나게 놀고 9시가 되면 스핑크스처럼 거실 캣 타워에 앉는다. 가끔 내키면 습식사료를 먹는다.

나는 보통 저녁을 먹고 다시 일을 시작한다. 거실에 있던 덕만이가 방에 들어와서 시계를 보면 정확히 10시다. 덕만이는 책상과 붙여놓은 선반에 올라가 앉는다. 나를 가장 가까이에서 바라볼 수 있는 장소다. 11시가 되면 내게 일어나라고 소리친다. 양치와 간식

시간이다. 일을 미처 다 끝내지 못한 내가 미련을 뚝뚝 흘리고 있어도 덕만이는 봐주지 않는다. 내가 침대로 들어가면 덕만이도 내 발치에 와서 자리를 잡는다. 잠버릇이 험한 미미가 몸을 뒤척이면 가차 없이 발을 깨물며 자리를 고수한다.

가끔 덕만이의 말(울음이겠지? 하지만 내겐 말처럼 느껴진다)을 무시하고 일하기도 한다. 덕만이는 선반에 다시 올라가 동그랗게 몸을 만다. 그렇게 일을 마칠 때까지 내 옆에서 기다린다. 깊은 밤을 지나 첫새벽이 올 때까지 계속. 가끔 "매" 하고 운다. 그만 자자는 거겠지. 하지만 얼마나 늦어지든 덕만이는 자리를 떠나지 않고 내 곁에 머문다. 어떤 사람도 그러지 못한다. 오직 동물만이 이런 종류의 인내, 기약 없는 기다림을 견딘다. 때론 잔인할 정도다. 나는 덕만이의 인내를 먹으며 원고를 마무리한다.

나는 한번 잠들면 잘 일어나지 못한다. 마음만 먹으면 하루 종일도 잘 수 있다. 해가 뉘엿뉘엿 질 즈음 자리에서 일어나면 자괴감이 가슴을 짓누른다. 우울과 불안 서클이 돌아가기 쉬운 환경이다. 오전에 일어나기 위해 정신과 선생님과 갖가지 노력을 해봤지만 쉽지 않았다.

덕만이와 함께하면서 너무나 쉽게 루틴을 만들었다. 고양이를 쓰다듬고 싶다는 강렬한 욕망을 무시하고 다시 잠들기란 쉽지 않다. 물그릇을 갈아주고 털을 빗어주기 위해, 고양이의 부드러운 턱이 내 팔에 기대는 감촉, 내게 자신을 완전히 내맡긴 신뢰의 무게를 느끼기위해 자리에서 일어난다. 나를 돌보는 일은 귀찮고 힘들기만 했는데, 덕만이를 돌보는 일은 귀찮지도 힘들지도 않다. 나는 덕만이와 함께 『정년이』 연재를 무사히 마쳤다.

앞으로 몇 작품을 더 덕만이와 함께할 수 있을까? 덕만이는 얼마 전 건강검진을 받았다. 스케일링도 했다. 마취에서 깬 덕만이는 매우 화가 나 이동 가방이 흔들릴 정도로 신경질을 부렸다. 수의사 선생님께 너무 죄송해서 어떻게든 달래보려고 했는데, 내게도 주먹을 날렸다. 덕분에 이동 가방 지퍼가 찍 하고 터졌다. 가방을 찢을 정도로 건강하다니 눈물 나게 감사했다. 집에

돌아온 덕만이는 언제 화를 냈냐는 듯 느긋하게 한숨
푹 자고 일어났다. 뽀뽀를 해줬더니 입을 쩍 벌리고 하
품을 했다. 으이구. 사랑해.

레스트 인 피스, 원피스

엄마는 늘 우리 집은 돈도 '빽'도 없기 때문에 공부를 잘해야 한다고 가르쳤다. 실제로 내가 자란 환경은 서울 같은 도시와 비교하면 1980년대에 가까운 분위기이지 않았나 싶다. 우리 집은 학원 차가 오가기엔 너무 외져서 다닐 수 있는 학원이 거의 없었다. 밤늦게까지 컴퓨터를 하고 있으면 등 뒤로 쥐 지나가는 발소리가 들렸다. 담임선생님은 말 안 듣는 남자애들을 불러내 서로 뺨을 때리게 하거나 마대 자루가 부러질 때까지 때렸다. 초등학교 입학식에 입었던 빨간 카디건이 기억난다. 늘 동네 언니들 옷을 물려 입게 하던 엄마가 큰맘 먹고 산 카디건이었다. 사이즈가 아주 넉넉해서

6학년 때 찍은 사진에도 종종 등장한다.

1980~90년대 학생들을 유혹에 빠뜨려 공부와 멀어지게 만드는 주적은 역시 텔레비전과 만화책 아니던가. 엄마는 텔레비전과 만화책을 절대 용납하지 않았다. 대학교에 올라와보니 〈나 홀로 집에〉 시리즈나 명절 특선으로 틀어주었던 외국 명화를 한 편도 보지 않은 사람은 나뿐이었다. 다행히 영화엔 큰 관심이 없었다. 하지만 만화책은 이야기가 좀 달랐다.

솔희 언니는 우리 동네에서 나와 어울려주던 유일한 언니였다. 언니는 그림을 잘 그렸다. 학원을 다니지도, 누군가에게 배우지도 않았는데 종이와 펜만 있으면 언제고 멋진 캐릭터를 그려냈다. 종종 그림을 주기도 했다. 나는 받은 그림들을 모두 소중하게 코팅해서 책상 유리 아래에 끼워두었다.

어느 날 언니 방에서 만화잡지를 발견했다. 언니에게는 자기 방이 있었다. 그 방은 내가 좋아하는 것투성이였다. 애니판 『세일러문』 만화책이나 아직 사지 못한 『해리 포터와 불의 잔』, 한국 고전소설 들. 한번 틀어박혀 책을 읽기 시작하면 언니도 나를 내버려뒀다.

골목 코너를 낀 북향 방은 늘 조금 어두워서 해가 조심조심 지는 늦은 오후까지 책을 읽어도 시간을 가늠할 수 없었다. 반들반들 빛나던 짙은 밤색 나무 창틀과 억새 사이로 흩어지던 볕처럼 부옇고 포근한 빛 그리고 책상 아래에 가득 쌓여 있던 두꺼운 만화잡지.

만화잡지는 한 손으로 들 수 없을 정도로 두꺼웠다. 잊을 만하면 잉크 냄새가 폴폴 올라왔다. 표지는 또 얼마나 화려한지, 제목을 알아보기 어려울 지경이었다. 저마다 다른 그림체로 그려진 인물들이 내가 모르는 세계에서 내가 모르는 이야기를 했다. 앞의 내용을 몰라서 대부분 재미가 없었다. 마냥 페이지를 넘기다 우뚝 멈췄다. 이집트풍의 옷을 입은 엄청 예쁜 여자가 있었다. 그는 또 다른, 역시 이집트풍 옷을 입은 엄청 예쁘고 악역임이 분명한 여자와 싸웠다. 그러다가 그만…… 지하 물감옥에 수장됐다…….

충격적이었다. 나는 다음 화를 찾아 책상 밑에 차곡차곡 쌓여 있던 잡지들을 뒤졌다. 몇 개월분의 앞뒤 내용을 읽었지만 기억은 나지 않는다. 나에게는 수장, 그토록 아름다운 그림체로 그려낸 수장만이 강렬하게 남왔다. 인생 첫 만화. 김동화, 한승원 작가의 『천년사랑 아카시아』였다.

참 감질나는 일이었다. 솔희 언니는 이후로도 『봉신연의』 같은 당대 최고 인기작들을 만화방에서 빌려 읽었다. 나도 보고 싶었지만 매일매일 언니 집에 갈 수는 없었다. 언니도 돈을 주고 빌려 보는 입장인데 공짜로 보기도 미안했다. 재밌는 만화가 있다는 걸 알아도 볼 수가 없다니. 고문이 따로 없었다.

직접 빌려 보면 어땠을까? 그러나 쫄보 초등학생은 혼자서 시내에 있는 만화방에 갈 용기가 없었다. 만화방엔 돈을 뜯어 가는 일진 언니들이 있을 것 같았다. 실제로 시내 핫플 팬시점에서 중학생 언니에게 500원을 뜯긴 경험도 있었다. 만화책을 빌리려면 돈이 필요한데 나는 따로 용돈이 없었다. 사야 하는 물건이 있으면 엄마에게 말하고 딱 그만큼 돈을 받는 식이었다. 무엇보다 엄마. 엄마한테 만화방에 드나드는 사실을 들키기라도 한다면? 차라리 동생들 실내화 빨래를 한 달 내내 하는 게 낫다.

다행스러운 사실은 시간이 내 편이라는 점이었다. 어쨌든 어린이는 자란다. 초등학생인 나도 중학생으로 자랐다. 내가 진학한 중학교는 시내에 있었다. 집까지 차로 30분 이상 가야 하는 학교였다. 물리적으로 멀어진 나는 30분 정도의 자유를 얻은 셈이었다.

그것뿐인가? 중학교는 만화 천국이었다. 입학 첫 주 체육관에 갔더니 친구들이 막 열 권쯤 나온 『강철의 연금술사』를 읽고 있었다. 나도 콩고물 떨어지길 기다리는 강아지처럼 옆에 껴서 한 권 한 권 얻어 읽었다. 더 이상 참을 수 없었다. 자유와 오타쿠 동지를 얻은 중학생에게는 용기가 넘쳤다. 친구들과 함께 용감하게 발걸음을 옮겼다. '느티나무 만화방'으로.

느티나무 만화방은 시내에서 가장 붐비는 버스 정류장 근처에 있었다. 오래된 4층짜리 건물 꼭대기였는데, 올라가는 계단이 꽤 좁고 가팔랐다. 책방에 들어가면 당장 담배 냄새부터 났다. 죽치고 앉아 무협지를 읽는 아저씨들 덕분이었다. 그들은 유리문 너머 흡연실에서 줄담배를 피우며 무협지를 읽었다. 강호의 도리를 아는 분들이기 때문일까. 가끔 나 같은 학생들에게 귤이나 책방에서 팔던 탄산음료를 줬다.

책방에는 바닥부터 천장까지 닿는 책장이 사방 벽면을 꽉 채우고도 부족해 중앙까지 있었다. 책장은 옆으로 미는 구조였는데, 밀면 안쪽에 숨어 있던 책장이 겹겹이 드러났다. 가장 눈에 띄는 카운터 옆 첫 번째 책장이 신간 코너였고 그 바로 옆이 소년 만화 코너였다. 안으로 쑥 들어가면 순정 만화 코너, 더 깊숙이 꺾어 들어가면 인터넷소설과 판타지소설, 무협지가 이어졌다. 카운터 바로 옆에는 BL 책장이 있었다. 소프트 BL부터 성인물까지 다양하게 있어서 우리처럼 교복 입은 청소년이 그 앞을 어정거리면 사장 언니가 카운터에서 우리 뒤통수를 뚫어지게 쳐다봤다.

나는 언제 만화방을 무서워했냐는 듯 성큼성큼 계단을 올랐다. 『디 그레이맨』 『나루토』 『원피스』 『스파이럴: 추리의 띠』 같은 유명한 일본 소년 만화부터 『선녀강림』 『씨엘』 『소녀왕』 『수요전』 같은 한국 판타지, 『궁』 『탐나는도다』 유의 로맨스 만화까지 손에 잡히는 만화는 모조리 읽었다. 빌린 만화책은 친구끼리 학교에서 바꿔 읽거나, 책방에 앉아 버스를 기다리면서 읽었다. 마음 편히 앉기에는 뭔가 찝찝했던 오래된 소파와 늘 카운터에 앉아 만화책을 보던 사장 언니 그리고 어떤 만화책을 빌릴까 두근거리다 못해 뱃속이 살살 아프기까지 했던 나.

문제는 빌린 이후였다. 버스 안에서 글자를 읽으면 무조건 멀미를 하는데도 나는 기를 쓰고 만화책을 읽었다. 집에는 엄마가 있었다. 엄마는 독실한 개신교 신자이지만, 재림한 예수님과 만화책을 든 내가 서 있으면 나를 쫓아와 만화책을 빼앗을 사람이었다. 가끔 엄마가 가방을 뒤지는 일도 있어서 집에 가면 곧바로 만화책을 책상 서랍 뒤쪽에 숨겨뒀다. 다음 날 아침에 가방을 챙기는 척 몰래 넣어서 도로 가져가는 식이었다.

버스에서 열심히 헛구역질을 해도 다 보지 못하는 만화책도 있었다. 텍스트가 무지막지하게 많은 『데스노트』가 그랬다. 그런 만화책은 그냥 집에 들고 가 입에 침도 안 바르고 거짓말을 늘어놨다. "유정이가 빌린 건데 부모님한테 혼난다고 나보고 가져갔다가 내일 달래." 엄마는 유정이는 만화를 왜 그렇게 많이 보냐고 툴툴댔다. 미안 유정아. 엄마한테는 안 미안.

　왜 그렇게까지 해가면서 만화책을 읽었을까? 『원피
스』의 쵸파 에피소드를 보고는 이불을 뒤집어쓰고 엉
엉 울었다. 우리 가족은 한 방에서 다 함께 잤기 때문
에 들키는 건 시간문제였다. 하지만 도저히 눈물을 참
을 수 없었다. 파란 코를 갖고 태어나 무리와 부모에
게 버려졌던 쵸파는 악마의 열매를 먹고 사람과 비슷
한 존재가 되지만 사람들에게 괴물 취급을 받는다. 사
람도 짐승도 아닌 쵸파를 돌봐준 사람은 닥터 히루루
크라는 괴짜 의사다. 그는 쵸파를 있는 그대로 받아들
인다. 쵸파는 히루루크 덕분에 사랑을 배운다. 그런데
그런 히루루크가 죽고 만다! 다음 날 눈이 퉁퉁 붓도록
울었다. 그때 나는 거의 쵸파 본인이었다.
　지금은 그렇게까지 눈물이 나진 않는다. 그렇게까지
만화를 사랑하지도 않는다. 그 시절 만화에 대한 내 애
정은 유난스러운 면이 있었다. 나의 중학생 시절은 어
린이와 청소년 사이에 끼인, 이러지도 저러지도 못하
던 엉성한 시절이다. 세상의 중심이 내가 아니라는 사

실을 뼈저리게 깨닫는 나날을 보냈고, 나를 이해하는 사람은 아무도 없을 거라는 절망감과 외로움이 늘 그림자처럼 따라다녔다. 만화에는 (왜인지 모르겠으나) 나 같은 사람이 많았다. 무엇이 되어야 하는지 모르는 덜 자란 아이들이 나와서 한껏 외로워하다가 마침내 (그것이 죽음이라 할지라도) 답을 찾아냈다.

쵸파도 답을 찾는다. 또 다른 히루루크, 자신을 동료로 대해주는 밀짚모자 해적단에 합류한다. 드디어 그에게도 평생 함께할 가족이 생긴 것이다. 흑흑. 대체 어떻게 만화를 안 볼 수 있었겠는가. 만화를 볼 수 있다면 효자손으로 맞을 각오 정도는 되어 있었다. 아슬아슬 스릴 넘치는 만화 생활은 이후로도 계속됐다. 그리고 그 사건이 벌어졌다.

불행하게도 내 생일은 농부인 부모님이 가장 바쁜 추수철이다. 딱히 축하를 바라지도 않았다. 사춘기 소녀에게 생일은 어느 때보다 우수 어리고 외로운 하루 아닌가. 생일날, 엄마는 동생들 등교를 챙기라는 말과 함께 새벽같이 논으로 나갔다.

하지만 이제 내게는 친구들이 있었다. 나의 소중한 오타쿠 친구 승은이가 만화책을 선물해줬다. 『원피스』였다. 그것도 1권부터 10권까지 열 권씩이나. 만화책 선물은 태어나 처음이었다. 너무 기뻐서 뺨이 빨개졌다. 고맙다고 말도 못 할 정도로 어안이 벙벙했다. 만화책을 소중하게 교실 바닥에 내려놓고 본격적으로 고민하기 시작했다. 이걸 대체 어떻게 집에 숨겨두지?

해결책은 의외로 간단했다. 숨기지 말자. 생일 선물이니까. 선물받은 만화책까지 혼내지는 않겠지. 나는 만화책 열 권을 가방에 소중하게 넣고 집으로 향했다.

가을 해가 천천히 지고 있었다. 어둑어둑한 방 안에서 내 보물들—생일 선물로 받은 잡다한 물건과 편지, 그리고 『원피스』—을 살펴보고 있었다. 창문 밖으로 엄마가 불쑥 나타났다. 챙 넓은 농사 모자를 쓴 엄마는 흙투성이였다. 햇볕에 그을리고 지친 엄마는 내 손에 들린 만화책을 보고 버럭 화를 냈다. 공부는 안 하고 만화책이나 보고 어쩌고저쩌고. 아침부터 은근하게 갖고 있던 의심이 확신으로 바뀌었다. "나 오늘 생일인데. 이거 다 생일 선물로 받은 건데." 엄마는 말을 멈췄다.

당황한 기색이 역력했다. 역시. 엄마는 내 생일을 완전히 잊고 있었다.

드라마였으면 이쯤에서 절망감을 고조하는 배경음악과 함께 내가 울며 뛰쳐나갔겠지? 엄마는 뒤에서 나를 부르고…… 미안한 나머지 엄마가 밤새워 쓴 편지를 내 가방에 넣어두면 나는 아침밥도 거르고 눈이 통통 부은 채 등교하다가 엄마 편지를 보고 또 훌쩍이는 그런 감동적인 과정으로…… 흘러가진 않았다. 몇 달 뒤 나는 고등학교에 입학해서 기숙사에 들어갔다. 감히 기숙사에 『원피스』를 들고 갈 생각은 못 했다. 대신 책상에 가려 잘 보이지 않는 책꽂이 안쪽에 소중하게 숨겨두었다.

고등학교 2학년 때 새집으로 이사를 갔다. 2주에 한 번씩 들르는 새집은 늘 남의 집 같았다. 문득 『원피스』 생각이 났다. 내 짐은 모두 가족들이 옮겨줬다. 『원피스』도 어딘가에 있어야 했다. 샅샅이 뒤졌지만 없었다. 미미가 정답을 알려줬다. "어? 그거 엄마가 태웠는데."

그렇다. 『원피스』는 이사를 하기도 전에 이미 잿더미가 된 것이다. 그때는 시골에서 쓰레기 소각을 자주

했다. 내가 안전하다 여겼던 장소는 너무 안전한 나머지 내 눈에도 잘 띄지 않았고, 그렇게 잊고 지낸 사이 엄마는 『원피스』를 찾아냈다. 과자 껍질, 안 입는 옷, 비닐 봉투와 함께 『원피스』열 권은 시커먼 연기가 되어 하늘 저 멀리 사라졌다.

엄마는 종종 경제적으로 어려웠던 옛날을 떠올린다. "너 유치원 때. 운동회 날, 밖에서 장난감 장수가 나비 장난감, 이렇게 바닥에 굴리고 노는 나비 장난감을 팔아서, 그걸 네가 사달라고 했는데 안 사줬어. 못 사줬어. 그거 500원밖에 안 하는 걸 500원이 없어서. 500원 아끼겠다고. 왜 그렇게 살았는지, 미안해죽겠어." 눈물 없이는 들을 수 없는 일화지만 정작 나는 기억도 안 난다. 나는 『원피스』를 불태운 일을 사과받고 싶었다. 엄마는 또 이 사건을 감쪽같이 잊었다. 세상의 비극이 다 이런 식이겠거니.

분명히 말해두지만, 내 뇌에 도장 찍듯 깊은 흔적을 남긴 경험은 가난이 아니다. 혹자는 가난을 부모가 자식에게 저지를 수 있는 최악의 '악덕죄악불행'인 것처

럼 군다. 뭐, 사랑하는 엄마의 통제욕이 가난의 합병
증일 수는 있겠다. 그러나 내 괴로움의 어머니는 가난
이 아니다. 나도 모르게 화형당한 생일 선물이라면 모
를까. 늦었지만 하늘로 간 『원피스』 열 권의 명복을
빈다.

'그알'을 응원하는 마음

요즘 나는 딘딘 씨가 제일 부럽다. 가수 딘딘 말이다. 그가 어떤 사람인지는 잘 모른다. 내가 아는 딘딘 씨에 대한 가장 구체적인 정보는 그의 누이들이 어린 시절 신음 소리가 안 들리게 〈네모의 꿈〉을 틀어놓고 그를 때렸다는 것 정도다. 딘딘 씨는 요새 SBS《그것이 알고 싶다》(이하 '그알') 유튜브 채널에 나온다. 역사적인 의문사 사건을 법의학적 지식을 바탕으로 다시 살펴보는 프로그램 '사인의 추억' MC다.

패널은 유성호 교수님이다. 교수님은 그알 애청자라면 모를 수가 없는 분이다. 한국에 몇 없는 법의학자로 매주 시체를 만나러 간다는 그분. 강력사건을 다루는 에피소드에는 이호 교수님(역시 법의학자이다)과 번갈아 등장해 부검 소견을 들려준다.

딘딘 씨는 유성호 교수님 옆에서 시청자에게는 보여주지 않는 부검 사진을 보기도 하고 궁금한 점을 물어보기도 한다. 너무너무 부럽다. 내게는 딘딘 씨 같은 유머러스함이나 진행 능력이 없으니 MC 자리는 당연히 딘딘 씨의 것이다. MC가 되고픈 마음도 없다. 콘텐츠에 나올 사건을 가장 먼저 알고 공부할 수 있는 것, 유성호 교수님 옆에서 사건 소견을 직접 들을 수 있는 것. 그게 정말 부럽다!

최근 내 취미 대부분이 그렇듯 그알도 코로나19가 보게 만들었다. 강력한 사회적 거리 두기가 시행되었을 때, 심심함을 이겨내려 유튜브 탐방을 시작했다. 금방 질렸다. 광고가 너무 많았다. 유튜브 프리미엄을 결제하면 되겠지만 광고 없애겠다고 돈 쓰기는 싫었다. 콘텐츠 길이도 너무 짧았다. 이제 좀 재밌는 이야기를 시작하겠다 싶으면 여지없이 끝났다. 이야기를 듣다 만 느낌이었다. 더 알고 싶은데! 유튜브가 지닌 태생적

한계였다.

자연스럽게 텔레비전 프로그램 다시보기로 시선을 돌렸다. 뭐 볼 만한 거 없나 아무 생각 없이 채널을 돌리다 《그것이 알고 싶다》를 발견했다. 800화 후반부터 지난주 방송 회차까지 볼 수 있었다. 최근 회차를 제외하면 모두 무료였다. 회차 많고, 한 회에 한 시간 넘고, 거기다 무료! 그럼 봐야지. 공짜 최고!

정신을 차려보니…… 나는 SBS 정기 이용권을 결제하고 있었다. 유튜브 프리미엄 결제는 하기 싫다고 말했던 그 사람 맞다. 유료 회차를 보고 싶은데 그러려면 한 회차당 2200원을 내야 했다. 두 편째 결제하다 그냥 이용권을 끊었다. 그게 더 싸게 먹힐 것 같았다. 몇몇 마음이 힘든 에피소드를 제외하곤 다 봤다. 800화 후반이면 2013년 방영분이다. 약 7년 동안 방영한 내용을 두 달 조금 넘는 시간 동안 다 본 것이다. 매일매일 하루 종일 그것만 봤다. 왜 그렇게 미친 듯이 봤는지 모르겠다. 다 보고 나서는 잘 기억나지 않는 회차를 다시 보길 반복했다.

너무 많이 본 나머지 꿈에서도 살인사건이 벌어졌

다. 문제는 내가 범인이었다는 것이다. 꿈속 사건은 무척 디테일하다. 5년 전 비가 무지막지하게 오는 날, 나는 논두렁에서 사십대 남성을 살해해 논에 묻는다. 세월이 흘러 논은 누군가에게 팔리고, 새 주인이 다른 용도로 사용하려고 팠다가 시신이 발견된다. 모르는 척 지내는 나에게 형사가 찾아와서 여러 질문을 한다. 이게 나를 떠보려는 질문인지 취조인지 알 수가 없다. 이 꿈은 몇 날 며칠을 거쳐 거의 한 달 동안 나를 쫓아다녔다. 꿈에서 깨고 나서도 내가 진짜 살인범인 것 같은 착각이 들어 무서웠다.

그런데, 그래도, 그렇지만 《그것이 알고 싶다》를 본다. 그알 본편을 다 본 뒤로는 유튜브 채널로 넘어갔다. 그알도 유튜브 채널이 있다고 하면 많은 친구가 놀랐다. 있다. 본방송을 연출한 PD님이 나와서 방송 비하인드를 밝히는 '그알 비하인드'와 그 주 방영분을 요약해서 보여주는 '짧은 그알', 옛 그알 방영분을 요약 편집해 다시 보여주는 '그알 캐비닛'이 주기적으로 올라오는 본방송과 관련된 콘텐츠다. 요새는 같은 방송사여서 그런지 《꼬리에 꼬리를 무는 그날 이야기》에 소개한 사건 중 그알에서 다룬 적 있는 사건이 자주 '그알 캐비닛'으로 올라온다.

그알 유튜브에는 그알을 통해 이름을 알린 전문가가 많이 등장한다. 프로파일러 표창원과 권일용, 법의학자 이호와 유성호, 영상 분석 전문가 황민구, 범죄심리학자 박지선, 범죄학자 오윤성 등. 이름만 들어도 화려한 라인업이다. 이분들과 만든 콘텐츠는 전문 분야를 살린 것이 많다. 앞서 말한 유성호 교수님과 딘딘 씨가 진행한 '사인의 추억', 박지선 교수님이 범죄영화 속 범죄자들의 심리를 분석하는 '지선씨네마인드' 등이다. '지선씨네마인드'는 SBS 정규방송으로 편성되기도 했다. 참고로 이때는 진행을 맡은 장도연 씨가 너무너무 부러웠다. 요새는 권일용 교수님의 '스모킹권'이 돌아오길 기다리고 있다. 범죄 현장에서 발견된 결정적인 증거를 스모킹건smoking gun이라고 부른다. 권일용 교수님과 함께 범죄 사건을 분석하면서 스모킹건을 찾아보는 것이 흥미진진하다.

《그것이 알고 싶다》를 좋아하는 사람은 나뿐만이

아니다. 2022년은 그알이 30주년을 맞는 해였다. 유튜브 제작진은 그알을 사랑하는 '찐 그앓이'들을 스튜디오로 초청했다. 그앓이들은 지금은 그알을 떠난 PD님부터 지금 재직 중인 PD님, 그분들이 제작한 회차, 그 회차에 나온 전문가들까지 전부 꿰고 있었다. 나 같은 건 다행히(!) 아무것도 아니었다.

그알을 한 번도 보지 않았더라도 시그니처 컬러와 로고는 알고 있을 것이다. 그알은 로고를 활용해 머그컵, 슬리퍼, 노트, 금속 배지 같은 굿즈를 만들어 판매했다. 1차 판매는 온라인으로 진행됐다. 이래 봬도 BTS 콘서트 스탠딩 입장 순서 6번을 잡았던 몸이라(전 세계적 인기를 얻기 전이라는 사실은 비밀로 해두자) 온라인판매전에서는 원하는 굿즈를 쉽게 손에 넣었다.

인기가 좋았는지, 그알 팀은 합정에 팝업스토어도 열었다. 오프라인에 약한 나. 점심 느지막이 갔다가 엄청난 줄과 맞닥뜨렸다. 같이 간 친구는 그알의 이런 인기가 영 어색했던 모양이다(왜 이렇게 그알을 좋아해? 그알이 이렇게 인기가 많다고? 그알 굿즈를 왜 사는데?). 자세히 보니 가게 안에는 표창원 교수님을 비롯해 프로그램 제작진들이 팬 사인회를 열고 있었다. 흑흑. 나도 사인 받을 줄 아는데. 사인은커녕 목표로 했던 마스킹테이프도 못 샀다.

원래 슬래셔slasher 요소에 약하다. 사람의 신체를 훼손하는 장면은 너무 끔찍하다. 아무리 가짜라고 스스로 세뇌해도 〈저수지의 개들〉 속 절단된 몸이 느꼈을 날카로운 고통이 희석되지는 않았다. 〈킹스맨〉에서는 갑자기 사람들 머리가 마구 터져 나가서 깜짝 놀랐다. 고개를 돌리고 장면이 지나가길 기도할 수밖에 없었다. 〈로건〉은 오직 영화가 좋다는 말에 보러 갔다가 두 시간 동안 꼼짝없이 고문당했다. 바보 같으니. 〈엑스맨〉 시리즈도 한 편도 안 봤으면서 무슨 용기로 간 건지.

특별히 추리소설이나 영화를 좋아하는 것도 아니다. 『명탐정 코난』이나 『소년탐정 김전일』은 시대의 거대한 흐름에 따라 봤다. 어린 시절 『셜록 홈즈』를 읽긴 했지만 순전히 어린이 『셜록 홈즈』 판에 실린 홈즈와 왓슨 일러스트가 너무 섹시해서였다.

다만 범죄, 그 자체에는 관심이 많다. 1990년대 말부터 2000년대에는 여자와 어린이가 자주 사라졌다. 아마 그 전부터도 사라졌겠지만 본격적으로 사건화가 진행되었던 것이리라. 엄마는 가로등 하나 없이 컴컴한 시골에서 어린 딸들이 유괴되지는 않을까 늘 걱정했다. 모르는 사람 따라가지 말고, 모르는 사람 차 절대 타지 말고. 엄마는 늘 신신당부했다.

하지만 아무도 없는 시골 버스 정류장에서 한 시간에 한 대 오는 버스를 기다리기란 여간 힘든 일이 아니었다. 어느 날, 버스를 기다리는 내 앞으로 조그만 티코가 멈춰 섰다. 운전석과 조수석에 젊은 여자 두 명이 있었다. 나보고 어디까지 가는지 묻더니 태워준다고 했다. 엄마가 모르는 사람 따라가지 말랬는데. 모르는 사람 차는 절대 타지 말라고 했는데……. 하지만 버스가 오려면 20분도 더 기다려야 했다. 결국 나는 냉큼 차에 올라탔다.

두 사람은 친구 같았다. 아마 지금 내 또래이거나 그보다 어렸지 싶다. 둘은 내가 함께한 짧은 드라이브 내내 웃고 떠들었다. 좁은 차 안, 내 눈에 가장 잘 보이는 건 앞좌석에 앉은 이의 머리카락이었다. 어깨까지 오는 뽀글뽀글한 히피 펌. 차 시트 뒤로 흘러내린 경쾌한 곱슬머리가 기억난다. 두 사람은 내가 귀엽네, 얌전하네 농담하면서 깔깔 웃었다.

집 근처에 다다라 차가 멈췄다. 운전자는 내리는 내 손에 500원짜리 동전 하나를 쥐어줬다. 자기 언니 딸 같다면서. 차는 금세 길을 따라 사라졌다. 나는 손에 쇠 냄새가 밸 정도로 소중히 동전을 쥐고 집으로 돌아가 엄마한테 박살이 났다. 엄마가 예민했던 것도 이해한다. 그리고 몇 년 뒤 강호순이 잡혔다. 그는 호의동승으로 여자들을 납치, 강간 살해했다.

소녀들은 범죄와 가깝다. 가까워진다. 가까울 수밖에 없다. 정남규는 비 오는 날마다 노상에서 여자를 때려죽이고 유영철은 야산에 여자들을 파묻었다. 뉴스에서는 하루가 멀다고 여자 죽은 이야기가 나왔다. 죽은 여자들은 곧 나이기도 했다. 나는 인터넷에서 각종 강력범죄 사건 사고를 검색했다. 왜 이런 짓을 저지를까? 악한 마음은 어떻게 인간을 지배하는 걸까? 궁금했지만, 인터넷에서는 사고 경위 외에는 더 알려주지 않았다. 도서관과 서점을 찾아갔다. 본가에는 이즈음 구매한 표창원 교수님의 오래된 책이 있다. 나름대로 답을 찾고자 노력한 흔적이다. 성과는 없었다. 이후 나는 텔레비전이 없는 세계, 고등학교 기숙사로 들어갔다.《그것이 알고 싶다》는 잊고 지낸 질문들을 상기시킨 셈이다. 범죄자는 누구이고 어떤 사람일까.

　미미가 출근하고 나면 집 안은 조용하다. 그게 싫어서 하루 종일 뉴스를 틀어놓는다. 2019년 9월 18일. 그날도 습관처럼 텔레비전 뉴스를 틀었다. 대문짝만 하게 뉴스 속보가 떴다. '화성연쇄살인사건'의 진범으로 추정되는 인물을 확인했다는 소식이었다. 한글을 뗀 다섯 살 이후, 그토록 많은 한국어를 읽어온 내 눈을 믿을 수가 없었다. 화성연쇄살인사건. 얼마나 많은 사람을 고통과 무력감으로 내몰았던 사건인가.《그것이 알고 싶다》에피소드 중에서도 그 살인사건을 다룬 에피소드는 진행자 김상중 씨의 멘트와 인터뷰, 영상 자료까지 생생히 기억한다. 곧 범인, 이춘재의 얼굴이 드러났다.
　그날 나는《그것이 알고 싶다》'이춘재 연쇄살인사

건' 회차를 다시 봤다. 내친김에 봉준호 감독의 〈살인의 추억〉도 다시 봤다. 영화 말미, 박두만(송강호 분)과 서태윤(김상경 분)이 유력한 용의자로 쫓던 박현규(박해일 분)는 어두운 터널 속으로 사라진다. 나는 이 장면에서 늘 깊은 공포를 느꼈다. 그건 한 사건의 범인을 잡지 못한 공포라기보다 거대한 구조, 인간이 인간을 사냥하는, 뼈를 부러뜨리고 배를 찢어 내장을 핥아먹는 무자비한 폭력, 약자를 향한 혐오 그리고 그것이 우리 인간의 본성이라고 주장하는 사람들에 대한 공포였다.

이춘재는 "언젠가 이런 날이 와 내가 한 짓이 드러날 줄 알았다"고 말했다. 그는 조용하고 내성적인 노인이었다. 사면을 기대하던 모범수였다. 자기가 수집한 포르노 사진을 감방 동기가 가져가려 하자 화를 내는 남자였다. 악마, 천재 사이코패스, 형사들을 농락하는 연쇄살인범 따위가 아니었다. 그는 아무것도 아니었다.

그에 비해 살인자를 뒤쫓은 이들은 대단했다. 그들은 도망친 살인범 앞에서 좌절하지 않았다. 과학수사 수준을 높이고 범죄자 DNA 데이터베이스를 구축했다. 수십 년이 흘렀어도 증거물을 보관했다. 공소시효가 지나 처벌이 불가능했지만 DNA를 분석했다. 이춘재와 만나 자백을 받아냈다. 그들, 이춘재를 찾아낸 이들은 끝까지 했다. 남은 인간으로서 책임을 졌다. 비로소 어두운 터널로 사라지는 박현규의 뒷모습은 영화의 한 장면으로 남는다. 이 순간 인간의 본성은 중요하지 않다. 인간이라면 무엇을 해야 하는지가 중요할 뿐이다.

이춘재 연쇄살인사건의 진범이 밝혀진 후, 《그것이 알고 싶다》는 8차 사건으로 카메라를 돌렸다. 당시 8차 사건은 모방범죄로 밝혀졌다. 범인으로 잡힌 윤성여 님은 무기징역을 선고받고 감옥에서 20년이라는 긴 세월을 보냈다. 수감 중 윤성여 님은 세 번의 재심청구를 한다. 얼마나 자신이 무죄라고 말하고 다녔는지, 별명이 무죄였다고 한다. 아예 가수 하춘화의 〈무죄〉라는 노래까지 부르고 다녔다고.

윤성여 님은 박준영 변호사와 함께 재심을 준비했다. 그알 제작진은 1189화 방송에서 8차 사건의 부실한 수사 과정을 파헤쳤다. 이춘재 연쇄살인사건에 대해 다룬 《그것이 알고 싶다》 방송분은 재심청구 증거 목록 1번 자료로 채택되기도 했다. 2020년 12월 17일, 법원은 윤성여 님의 손을 들어주었다. 32년 만에 살인자 누명을 벗는 순간이었다.

그알 유튜브 콘텐츠 '그알 저알'에 출연한 윤성여 님은 시종일관 제작진에 대한 애정을 표현한다. "(취재를) 깊게 쭉 파고들어 갔다"라는 윤성여 님의 말을 미루어 짐작해보건대 1189화 방송은 보통 열의로 취재한 것이 아닌 듯하다. "그래서 내가 그알을 좋아하는 거야." 윤성여 님이 유쾌하게 말했다.

나도 그래서 그알이 좋다. "진실의 눈으로 세상을 지켜보겠습니다." 그알 웹사이트에 적혀 있는 캐치프레이즈다. 누군가를 지켜본 적 있는 사람은 알겠지만 지켜보기란 여간 어려운 것이 아니다. 여태껏 일하는 나를 끝까지 지켜봐준 존재는 고양이 덕만이뿐이다. 게다가 '세상'은 썩 보기 좋은 대상도 아니다. 나는 가끔 이미 내가 죽어서 지옥에 와 있는 건 아닐까 생각한다. 침대에 누워서 트위터 타임라인을 훑어보고 있자면 다 죽었으면 싶다. 이런 세상을 지켜보겠다니. 사랑과 인

내가 대단한 사람들이다. 제작진에게 충분한 돈과 정신적, 육체적 건강 그리고 안전이 늘 함께하길 바란다.

이 글을 쓰는 동안 '사인의 추억'이 여덟 번째 에피소드를 마지막으로 끝났다. 안 돼~! 프로그램을 정비해서 돌아오겠다고 했지만 기약이 없다. 딘딘 씨를 계속 부러워할 자신이 있다. '지선씨네마인드'의 진행자 장도연 씨도. '스모킹건2' 진행자였던 배우 김남희 씨도! 그러니 아무것도 끝나지 말고 계속됐으면. SBS는 그알과 그알 유튜브 콘텐츠 팀에 아낌없이 지원하라! 지원하라!

플레이리스트와 함께 춤을

내가 다니던 교회에는 주일학교와 학생회가 있었다. 주일학교가 초등학교라면 학생회는 중고등학생의 모임이다. 성탄절 전야제 예배를 드린 초등학교 6학년은 즉시 학생회로 편입되었다. 학생회 언니 오빠들은 신입생들을 데리고 찜질방에 갔다. 밤인데! 어른도 없이! 우리끼리! 밤새 먹고 놀다가 동틀 녘이면 서로 나뉘어 마을을 돌았다. 집집마다 찾아가 캐럴을 부르고 성탄 축하와 새해 인사를 전했다. 어른들은 따뜻한 차나 과자를 나눠 주었다. 언니 오빠들은 받은 과자를 모아 주일학교 어린이들에게 주었다. 나는 하루빨리 학생회에 들어가고 싶었다. 외박도 할 수 있고 새벽에 돌아다닐 수도 있다니. 제일 멋진 점은 이 모든 일을 학생회 구성원이 스스로 결정한다는 것이었다. 진짜…… 어른이 잖아.

그토록 고대했던 학생회이건만. 관례대로 찜질방에 간 날, 나는 빨리 집으로 돌아가고 싶었다. 고작 1년 먼저 중학생이 되었을 뿐인데 언니 오빠들은 나랑 다른 세계 사람이 되어 있었다. 원래 우리는 서로의 얼굴에 방석이나 던지고 놀았다. 지금도 방석이나 던지고 놀고 싶다. 하지만 그들은 그런 유치한 어린 시절은 예전에 졸업했다는 듯 싸이월드에서 유명한 그 선배가 정말로 그렇게 예쁜지, 걔가 선배 뒷담을 한 것이 사실인지, 그 오빠가 새로 만나는 여자친구는 누구인지에 대해 이야기했다. 방석에는 거기 쓰인 바늘땀 수만큼의 관심도 없었다.

옛날처럼 언니 오빠들과 같이 떠들고 웃고 싶었다. 하지만 그런 어른스러운 대화 주제—누가 잘나가고 누가 못 나가는지, 누가 누구랑 사귀고 누구는 헤어졌는지—에 어떻게 하면 낄 수 있단 말인가? 싸이월드 얼짱 선배들에 대해 알 리도 없거니와 궁금하지도 않았다!

지금이라면 다른 주제를 화두에 올려 대화의 방향을 돌리거나 관심 없다고 말할 수 있다. 하지만 그때는 솔직하게 말하면 안 될 것 같았다. 학생회에 들어갈 자격이, 이 찜질방에 함께 있을 자격이 없다고 광고하는 꼴이었다.

나는 보석 사이에 낀 돌, 황새 줄에 선 뱁새, 누군가 구매를 포기하고 청바지 코너에 대충 걸어놓은 티셔츠, 그런 것이었다. 내가 하는 모든 말과 행동이 부끄러웠다. 다 실수 같고 실수할 것 같고 실수였다. 부끄러움을 피할 수 있는 유일한 방법은 그 자리를 떠나 누구와도 말을 섞지 않는 것이었다. 나는 그들이 모여 있는 장소를 떠나 불가마에도 갔다가 얼음골에도 갔다가 하며 아무도 나에게 관심 갖지 않기만을 바랐다.

찜질방에는 널찍한 광장 같은 공간이 있었다. 사람들은 이곳저곳 드러누워 자기들끼리 떠들고 끊임없이 먹어댔다. 벽면에는 커다란 텔레비전이 걸려 있었다. 생전 처음 보는 프로그램이 나오고 있었다. 자정을 넘긴 시간이었다. 무대 위에 프로그램 진행자와 가수가 앉아 이야기를 나누었다. 별 시답잖은 이야기였는데도 방청객들이 와르르 웃었다. 이해할 수 없는 농담이었다. 재미없었지만 달리 할 일도 없었다. 나는 텔레비전 근처에 앉았다. 가수는 곧 마이크 앞에 섰다.

그 사람이 노래하자 세상은 분홍 구름이 피어오르는 환상 속 마법의 성이 됐다. 아니 진짜로. 진짜 그랬다. 그 어두컴컴하고 장작 냄새와 구운 달걀 냄새가 피어오르던 찜질방이 향긋한 꿈의 나라가 됐다. 목소리가 예뻤다. 반짝이는 유리구슬 같은 목소리였다. 유리구슬이 은쟁반 위를 도르륵 구르듯 노래했다. 세상에는 이런 아름다운 노래도 있구나. 나는 엉덩이에서 뿌리가 난 사람처럼 움직일 수 없었다. 영원히 그 반짝임 속에 살고 싶었다.

노래가 끝났다. 환상은 나타날 때 그랬듯 한 줄기 연기처럼 사라졌다. 얼떨떨했다. 남은 것은 여전히 어두컴컴한 찜질방, 수건으로 만든 양 머리를 쓰고 황토색 찜질복 M 사이즈를 입은 열세 살 소녀뿐이었다. 멀리서 나를 찾는 목소리가 들렸다. 나는 학생회로 돌아가며 주문이라도 되는 것처럼 중얼거렸다. "자우림

의 17171771······ 자우림의 17171771······ 자우림의
17171771······." 나를 덮쳤던 고독과 수치는 사라진 지
오래였다.

    초등학교 5학년인가 6학년인가. 동방신기가 데뷔했
다. 인기가 대단했다. 학교 앞 구멍가게에서도 뽑기 상
품으로 동방신기 포스터를 줬다. 친구들은 포스터를
구경하면서 누가 가장 마음에 드는지 이름을 댔다. 나
는 유노윤호. 나는 영웅재중. 그다음은 내가 대답할 차
례였다. 엄마 몰래 투니버스 채널이나 보던 될성부른
오타쿠 어린이에게 3D 인간은 다 똑같아 보였다. 어물
어물하는 사이 대화 주제는 god나 보아 같은 다른 연
예인으로 흘러갔다. 내심 다행이라고 생각했다. 음악프
로그램 속 예쁜 언니 오빠들은 나랑 영 다른 사람처럼
느껴졌다. 나는 절대 그들이 될 수 없고, 저들도 절대
나를 이해할 수 없을 것 같았다.
    자우림은 내가 태어나 처음으로 앨범을 산 밴드다.
시내 음반 가게에 가서 직접 골랐다. 음반 가게도 태어
나 처음 가봤다. 오타쿠 '찐따'에게 최신 유행 가요를

틀어놓는 음반 가게는 너무 '인싸'스럽고 '어른스러운' 공간이다. 들어가기 무서웠다. 큰 용기는 큰 욕망에서 나온다. 그 아름다운 목소리를 다시 듣고 싶다는 욕망으로 가게 문턱을 넘었다. 자음순으로 정리된 매대에서 자우림을 찾아냈다. 반듯한 직사각형 카세트테이프 앨범이었다. 엄마가 영어 공부 하라고 사준 카세트에 넣고 테이프가 늘어질 때까지 들었다.

처음으로 구매한 앨범은 4집이었다. 벼락처럼 내 인생을 바꿔버린 〈17171771〉은 5집 수록곡인데 왜 4집을 샀는지 모르겠다. 자우림 4집은 커버부터 우중충하다. 김윤아의 목소리는 때론 단단하게 때로는 야릇하게 속삭이며 슬픔과 우울을 노래한다. 자우림 노래를 들으면 신기하게도 울적한 기분이 풀렸다. 밝은 노래가 아닌데도. 오히려 4집이 5집보다 우울한 분위기여서 더 좋았다. 처음 입는 교복, 낯선 학교와 날 선 아이들 그리고 덜 자란 마음을 자우림 4집을 들으며 버텼다.

CD플레이어가 생기고부터 본격적으로 앨범을 모았다. 키비, 다이나믹 듀오, 리쌍, 인피닛 플로우, TBNY 같은 힙합 앨범이었다. 랩의 쫀득한 발음과 박자감이 좋다. 재치 있는 가사의 말맛을 음미하면서 고개를 끄덕거리는 재미가 있다. 그중에서도 에픽하이 4집에 푹 빠졌었다. 나는 공부한다는 명목으로 동생들을 방 밖으로 내쫓았다. 책상 스탠드만 켠 어둑어둑한 방, 책상 앞에 앉아 책을 펼쳐놓고 노래를 틀면 컴컴한 우주에 나와 책만 있는 것 같았다. 나는 마음껏 책과 음악 속을 유영하며 나만의 천국을 즐겼다. '나라가 허락한 유일한 마약, 음악……' 난 진지하게 그 말에 동의했다.

MP3플레이어라는 혁신적인 음악감상 기기를 손에 넣은 뒤로, 나는 그야말로 닥치는 대로 음악을 들었다. 팝송, CCM, 가야금산조, 클래식, 영화나 드라마 OST, 뉴에이지까지. 고등학교 친구 수카는 인디밴드를 좋아했다. 우리는 구매한 CD를 서로 바꿔 듣곤 했다. 수카 취향은 언니네 이발관, 루시드 폴, 베란다 프로젝트, 요조였고 내 취향은 캐스커, 이상은, 네스티요나, 몽구스였다. 때로는 핑크 플로이드, 데미안 라이스, 레이철 야마가타를 듣기도 했고 또 가끔은 2PM과 2AM, 샤이니와 비스트 같은 아이돌 앨범도 들었다. 우리 고등학교는 석식 후에 방송부에서 노래를 틀어줬다. 현아, 동방신기, 슈퍼주니어, 씨스타 노래를 들으면서 여고생들은 운동장을 하염없이 빙글빙글 돌았다.

오타쿠는 당연히 제이팝도 들었다. 애니메이션 오프닝곡과 엔딩곡은 왜 그렇게 명곡이 많은지.《이누야샤》OST를 부른 두 애즈 인피니티와 하마사키 아유미를 비롯해 주주, 토미 헤븐리 식스, 아시안 쿵푸 제너레이션 같은 가수들의 노래를 찾아 들었다.

중고등학교 시절은 기가 막히게도 보컬로이드 전성기이기도 했다. 카가미네 린·렌이 부른 〈악의 딸〉과 〈악의 하인〉 PV를 보고 울지 않은 오타쿠는 없다. 이제는 클래식 반열에 오른 〈월드 이즈 마인World Is Mine〉 〈루카루카 나이트 피버Luka Luka Night Fever〉 같은 명곡들도 그야말로 쏟아져 나왔다.

사운드 호라이즌도 빼먹을 수 없지. 사운드 호라이즌은 매 앨범마다 서사가 있다. 하나의 거대한 세계관 속에서 트랙을 따라 이야기가 쭉 이어진다. 일종의 판소리다. 왜, 판소리도 창자가 줄거리 설명과 연기를 도맡으며 노래하지 않는가. 사운드 호라이즌이 딱 그런

형식이다. 앨범을 다 듣고 나면 마치 뮤지컬 한 편을 본 것 같다. 게다가 그 서사라는 게 치정, 살인, 낙원, 죽음, 마리오네트, 마녀, 운명…… 중학생 오타쿠 마음에 쏙 드는 키워드로 가득 차 있다. 정말이지 정신을 차릴 수가 없었다.

당시에는 투니버스에서 일본 애니메이션을 한국어로 많이 더빙할 때인데, 오프닝곡과 엔딩곡을 번안해 한국 가수들이 부르기도 했다. 이용신 성우가 열창한 수많은 명곡 중에서도 지금까지 사랑받는 《달빛천사》 수록곡은 말할 것도 없다. 나는 《추리게임 뫼비우스의 띠》(만화책은 『스파이럴: 추리의 띠』로 번역되었다)의 번안 오프닝곡 〈희망봉〉과 《봉신연의》의 한국판 오프닝곡 〈너의 이름으로〉를 무척 좋아했다. 한국 제목으로 (왜인지) 《배틀짱》으로 번역된 《우에키의 법칙》 한국판 오프닝곡 〈카모밀레〉도 숨은 명곡이다.

나이가 들면 새로운 음악을 찾지 않게 된다고 한다. 지금까지 들었던 음악, 익숙한 노래만 되새기듯 듣는다는 것이다. 그래서 그런 걸까? 자우림의 노래처럼 나를 음악의 세계로 번개처럼 인도하거나 에픽하이의 음악같이 오롯이 집중하게 만드는 경험은 더는 할 수 없었다.

하지만 여전히 음악을 듣는다. 햇살이 따갑고 그늘이 서늘한 초가을에는 카를라 브루니를, 용기가 필요할 때는 재키와이의 힙합을 듣는다. 왜인지 힙합을 들으면 배포가 커지는 기분이다. 발걸음도 성큼성큼 커지고 가슴도 펴진다. 대본 작업을 할 때도 음악을 듣는다. 되도록 가사가 없거나 외국어라 가사 때문에 방해받지 않는 노래를 선택한다. 이 조건에 딱 맞는 노래는 역시 일본 애니 음악이다. 특유의 비장하고 웅장한 곡조와 빠른 비트 덕에 컨디션이 쭉 올라간다. 요즘은 〈우마무스메 프리티 더비〉에 신세를 많이 졌다. 너무 많이 들어서 미미도 노래를 흥얼거린다. 조금 물린다 싶으면 가사 없는 차분한 연주곡을 듣는다.

새로운 음악도 찾는다. 소위 이지 리스닝의 대명사 뉴진스의 노래도, 쇠 맛 가득한 에스파 노래도 음원 발매 시간을 기다렸다 나오자마자 들었다. RM의 새 앨범 《라이트 플레이스, 롱 퍼슨Right Place, Wrong Person》은 기대를 안 했는데 너무 좋아서 당황스러울 지경이었다. 고대하고 고대하던 이민휘의 신보 〈미래의 고향〉은 비 오는 날 어두운 거실에서 홀로 누워 들었다. 빗소리와 노래 그리고 나만 남은 거실. 반추동물처럼 느릿느릿 가사를 씹고 뱉고 다시 씹어 삼키면서 음악을 소화한다. 온몸으로 음악을 보낸다. 그러고 나면 얼마간 살아갈 힘을 얻는다.

올 초, 엄마가 서울에 올라왔다. 한 달 조금 넘게 같이 먹고 잤다. 나는 내심 엄마가 할 일이 없어 심심하지 않을까 걱정했다. 기우였다. 《현역가왕》《불타는 장미단》《미스트롯3》《미스터로또》…… 종편에서 어찌나 트로트 방송을 자주 하는지, 트로트 팬인 엄마는 그것만 챙겨 봐도 심심할 새가 없었다. 가수들이 노래는 또 무지막지하게 잘한다. 작업실에서 일하고 있으면 노랫소리가 쟁쟁하게 들려온다. 누가 저렇게 노래를 잘해, 이 노래는 대체 뭔데 이렇게 좋아. 확인을 안 할 수가 없다.

특히 가장 최근에는 《한일가왕전》 후속 프로그램인

《한일톱텐쇼》에 완전 빠졌었다. 스미다 아이코가 부른 곤도 마사히코의 〈화려하지만 자연스럽게〉 무대는 그 야말로 미쳤다고 할 수 있다. 조그만 체구의 소녀가 쭉 뻗는 시원시원한 목소리로 노래하면서 춤을 추는데 왜 그렇게 잘생겼는지! 무대를 꽉 채우다 못해 터뜨릴 정도였다.

우타고코로 리에는 사다 마사시의 〈어릿광대의 소네트〉를 불렀는데, 첫 소절을 듣자마자 소름이 돋으면서 눈물을 참을 수 없었다. 가수는 환히 웃으면서 노래하고, 가사도 곡조도 밝은데 눈물이 나는 이유가 뭘까? 날 보고 웃어달라고 하는데 눈물이 줄줄 났다. 이 글을 쓰는 지금도 듣다가 눈물을 찔끔 흘렸다. 아직도 모르는 노래가 있고 새로운 감동을 주는 가수가 있다니. 역시 음악은 최고다.

그 영향으로 《한일톱텐쇼》 참가자들이 부른 노래―트로트와 엔카, 1930~50년대 옛 한국 가요, 1980~90년대 일본 가요 등등―를 즐겨 듣고 있다. 새로운 노래를 들으면 자연스럽게 잊고 있던 노래도 떠오른다. 아즈마 아키가 부른 〈목포의 눈물〉을 듣고 있자니 장세정의 〈남장미인〉이 생각나서 오랜만에 들었다. 한동안 작업하면서 많이 들었던 노래다. 여기서 살짝 가사를 소개한다.

거리의 남자여.

내가 만일 남자라면, 내가 만일 남자라면

새카만 연미복을 척 입고

결혼 예식을 척 할 테야, 그것뿐인가.

아가씨 놀려가며 뽐낼 테야.

재미를 찾아서

뒤늦게 드라마 《녹두꽃》을 봤다. 2019년에 SBS에서 방영했던 그 드라마 맞다. 동학농민혁명에 휘말린 백이강(조정석 분), 백이현(윤시윤 분) 형제의 이야기다. 정통 사극이라고 불리는 드라마를 좋아해서 내 어린 시절은 《대장금》과 《용의 눈물》《태조 왕건》《대조영》 같은 사극들로 가득했다. 돌이켜보면 지금에 비해 1990년대에서 2000년대가 사극이 훨씬 많이 만들어지고 또 소비되던 시기 같다.

사극은 비장해서 좋다. 말 한마디에 목숨이 왔다 갔다 한다. 온갖 모략과 음해가 가득한 세상에서 주인공이 자기 의지를 관철하는 과정은 눈물겹기도 하고 경이롭기도 하다.

마지막으로 본 사극은 2015년에 방송된 SBS의《육룡이 나르샤》다. 그 뒤에 나온 사극들은 어쩐지 볼 마음이 들지 않았다. 비장함, 추풍낙엽처럼 스러지는 목숨, 눈물겨운 생존…… 예전에는 즐거웠던 요소들이 나를 지치게 했다. 아마도 현실에서 생존을 위해 분투하고 있었기 때문이 아닐까 생각한다.

그래도 추천받은 사극을 마음 한편에 고이 품고 있었다. 그중에서도《녹두꽃》은 특별했다. 동학농민혁명을 다루었다는데 어떻게 안 볼 수가 있나!《녹두꽃》은 비교적 역사의 흐름을 그대로 따라가는 드라마이긴 했지만, 당시 민초들의 새 시대를 향한 열망과 투쟁을 어떻게 그려냈을지 궁금했다. 어느 무료한 봄밤. 볼 것이 없어 이리저리 채널만 돌리던 내 눈에 OTT 플랫폼에 올라온《녹두꽃》이 보였다. 드디어 때가 온 것이다.

《녹두꽃》은 기대를 저버리지 않았다. 가문의 부흥을 위해서라면 무슨 짓이든 하는 아버지 밑에서 이름으로도 불리지 못한 '거시기', 백이강이 무뢰배에서 동학군으로 성장하는 과정이 펼쳐졌다. 사극 같은 군상극의 재미는 역시 인물이다. 《녹두꽃》의 등장인물에게는 주조연을 가리지 않고 저마다 자기 삶이 있다. 목표가 있으면 있는 대로, 없으면 없는 대로 서로 그물처럼 얽힌다. 어떤 사람은 악마가 형님 할 만큼 못됐고 또 어떤 사람은 부처님 저리 가라 할 정도로 착한데, 그 악마가 다쳐서 숨어 있는 주인공을 눈감아주고, 부처님이 사람 뺨을 갈긴다. 사극을 보다 보면 악역을 이해하게 된다. 이해한다는 말은 용서한다는 말과는 다르다. 이해하기에 그의 악행을 내 것처럼 여기고 나를 성찰하게 된다.

이렇게 재밌는 드라마를 나 혼자 볼 수는 없었다. 당장 같이 사는 미미에게 함께 보자고 권했다. 퇴근하고 집에 돌아온 미미는 피자를 먹으면서 《녹두꽃》을 봤다. 정확히는 봐'줬'다. 화면을 보는 그이의 무감한 눈동자. 흥미라곤 찾아볼 수 없는 죽은 눈. 나는 봐줘서 고맙다는 말과 함께 리모컨을 넘겨주었다. 미미는 곧바로 《선재 업고 튀어》를 틀었다. 참고로 나는 《선재 업고 튀어》를 단 10분도 보지 않았다.

나와 미미는 같은 배에서 나온 자매여도 취향이 완전히 다르다. 미미는 하늘하늘한 블라우스나 프릴 달린 원피스를 좋아한다. 바지는 허벅지에 딱 붙는 부츠컷 팬츠를 고수한다. 나는 셔츠나 커다란 티셔츠에 역시 헐렁한 바지가 좋다. 미미는 아주 외향적이라서 밤새워 놀고 집에 들어와도 다음 날 저녁에 또 약속을 만들어 나간다. SNS는 거의 하지 않는다. 그 애는 항상 바깥에서 다른 사람과 함께 있다. 그에 비해 나는 하루 바깥에 나가 놀았으면 다음 날 반드시 집에 있어야 한다. 집 안을 쓸고 닦고 정리하면서 시간을 보낸다. 사람들을 만나는 것도 좋지만 잘 정돈된 집 안에서 고양이를 끌어안고 자는 낮잠도 소중하다.

우리는 생김새도 달라서 함께 쇼핑을 가면 자매인 줄 모른다. 점원이 나에게 미미를 '친구분'이라고 지칭했다가 미미가 볼멘소리를 한 적도 있다. "언니랑 나랑 어떻게 친구야. 내가 그렇게 나이 들어 보여?" 하여튼 여기부터 안 맞는다. 나이가 달라도 친구일 수 있지. 미미는 내가 일곱 살 차이 나는 친구를 데려가도 친구가 나와 동갑일 거라 굳게 믿는다.

우리가 선호하는 콘텐츠가 다른 것은 불 보듯 뻔한 일이다. 미미는 먹방, 연애 상담, 관찰 예능을 좋아한다. 내가 아무리 심심해도 안 보는 콘텐츠다. 나는 주로 범죄 관련 방송, 교양프로그램이나 뉴스를 본다. 내가 《그것이 알고 싶다》를 보고 있으면 미미는 항상 "그게 재미있어?" 하고 묻는다. 미미가 유튜브 《폭스클럽》을 보고 있을 때 내가 하는 말과 똑같다.

미미는 내 작품을 의리로 봐주긴 하지만 한 번도 재미있다고 한 적은 없다. 『정년이』도 마찬가지였다. 연재가 끝나고, 어떤 인물이 가장 기억에 남느냐고 물었다. "군인." "군인이 있었나?" "처음에 나왔던 군인 있잖아." 그렇다. 미미는 그 많은 인물 중 엑스트라 남자 군인이 제일 기억에 남았던 것이다. 극 초반 두세 컷 나온 잘생긴 남자 군인. 아마 『정년이』 독자 중 그 인물을 기억하는 사람은 미미뿐일 것이다.

그에 비해 나몬 언니는 늘 재미있다고 했다. 언니는 『정년이』 다음 화를 가장 먼저 보는 사람이었다. 언니는 대본을 꼼꼼히 읽고 감상을 들려주었다. 매번 재미있다 해주는 게 의심스러워서 언니가 거짓말을 못하는 사람임을 확인하기 전까지 언니 말을 믿지 못했다.

사실 나는 꽤 오랫동안 재미없는 이야기를 해왔다. 사람들은 내가 『정년이』로 데뷔한 줄 알지만 『정년이』는 네 번째 장편이다. 데뷔작인 『보에』부터 『소녀행』과 『라나』까지, 별 인기가 없었다. 난 재미없는 이야기를 하는 사람인가 보다 했다.

『정년이』도 그 재미없는 이야기의 연장선이었다. 여자 나오고, 여자들이 나오고, 여자들이 많이 나와서 뭘 하고……. '또 나만 재밌는 얘기를 하겠군' 생각했다. 나쁘지만은 않았다. 작가로서 인기작을 만들고 싶은 욕심이 왜 없겠는가. 하지만 세상에 인기작은 차고 넘친다. 나 하나쯤은 나만 좋은, 재미없는 얘기를 만들어도 괜찮을 것 같았다. 어쨌든 나는 재밌으니까!

『정년이』가 예상보다 많은 관심을 받으면서, 나의 '재미' 나침반은 더더욱 길을 잃었다. 할 수 있다면 사람들을 붙들고 물어보고 싶었다. 뭐가 재미있나요? 왜 재미있나요? 진짜로 그게 재미있나요? 하지만 어떤 대답을 들어도 나는 납득하지 못할 것이다. 세상은 나몬 언니와 미미가 함께 사는 곳이니까. 모두 자기만의 재미 버튼이 있으니까. 어떤 사람들은 《녹두꽃》의 송자인(한예리 분)과 백이강의 애틋한 사랑을 좋아하겠지만 나는 빨리 그 고난의 시간이 지나가기만을 바랐다. 재미는 상대적이고 주관적인 것이구나. 일련의 일을 겪고, 나는 재미 찾기를 포기했다.

나와 미미가 함께 텔레비전 앞에서 방송 시간을 기다렸던 마지막 드라마는 《펜트하우스》다. 정말 참을 수 없었다. 지난주에 죽었던 사람이 다음 주에 살아 돌아오는 전개에 우리 자매는 속절없이 휘둘렸다. 그때는 우리뿐만 아니라 거의 온 국민이 《펜트하우스》를 기다렸던 것 같다. 우리는 MNET 예능인 《스트릿 우먼 파이터》도 함께 보았고, 요즘은 티빙 오리지널 예능 《여고추리반3》을 매주 챙겨 본다. 취향의 양극단에 서 있는 우리를 텔레비전 앞에 같이 묶어놓는 것을 보면 대중적인 매력을 지닌 '코드'란 분명히 있는 것 같다.

나는 아직 그 '대중성'을 잘 모르겠다. 대중성이 없으니 빼라고 했던 요소가 인기를 끌기도 하고, 무조건 혜

테로 로맨스를 넣어야 한다고 해서 넣었더니 반응이 영 별로이기도 했다. 이젠 대중이 뭔지도 잘 모르겠다. 대중이 원하는 작품을 해야 하는지도.

내가 알게 된 딱 한 가지, 언제고 통하는 재미 코드는 쓰는 작가가 재밌어야 한다는 것이다. 신기하게도 작가가 재밌어서 신나게 쓴 장면에서는 독자들도 재미를 느낀다. 작가가 쓰기 싫어서 꾸역꾸역 쓴 부분은 귀신같이 재미가 없다. 작품을 가장 잘 알고 있는 작가도 재미가 없는데, 독자가 보기엔 얼마나 재미없겠는가. 대중성을 잡겠다고 이야기 만드는 재미를 잃는다면 그거야말로 주객이 전도된 일이다. 쓰는 재미가 없는 작품에는 어딘가 문제가 있다.

얼마 전 차기작 기획서를 완성했다. 주변 작가들과 PD님들, 함께 작업할 그림작가님께 보여드렸다. 반응은 천차만별이었다. 소재가 민감하여 연재가 어렵겠다, 로맨스를 강화하는 편이 좋겠다, 주 타깃층이 누구인지 보이지 않는다 등등. 피드백을 읽으면서 어떻게 수정하면 좋을지 고민하고 있는데 그림작가님의 메시지가 도착했다.

"흐흐 다 읽었어요! 대본 진짜 너무 재밌었어요! 전 너무 재밌게 읽었어요. 그래서 재밌다는 의견뿐입니다." 됐다. 소재고 로맨스고 뭐고. 내가 재미있고 그림 작가님이 재미있으니 됐지 뭐. 나는 기쁜 마음으로 기획서를 마무리했다.

3

살아내는 삶

없다기엔 아쉽고, 있다기엔 애매한

바야흐로 인터넷소설의 시대였다. —— ^-^ ㅠ_ㅠ
ㅇ_ㅇ…… 이모티콘과 엔터키를 수없이 두들겨 만든 공
백이 문장과 문장을 수놓았다. 어른들은 인터넷소설을
별로 좋아하지 않았던 것 같다. 어떤 작가는 인터넷소
설을 읽는 딸을 보면 쓰레기장에서 뒹구는 것 같다는
발언까지 했다. 한창 자라는 학생들이 인터넷소설만
읽어서는 아름다운 문장과 묘사를 즐기지 못할 것이라
는 비판의 목소리도 나왔다.

그러거나 말거나, 도서관에 있는 모든 책을 다 집어
삼킬 기세로 읽던 초등학생 서이레도 인터넷소설을 읽
었다. 인터넷소설이라면 응당 인터넷을 통해 읽어야

했는데, 나는 종이책으로 처음 접했다. 버디버디 채팅 창에만 있어야 할 것 같은 이모티콘이 손에 잡히는 종이책 페이지에 인쇄되어 있는 모습은 굉장한 충격이었다. 이러면 안 될 것 같은데, 뭔가 잘못된 것 같은 느낌이긴 한데, 그 '잘못된 것 같은 느낌'이 좋았다. 고리타분한 '어른' 소설들과는 다른 짜릿함이 느껴졌다.

대부분의 인터넷소설 등장인물들은 공부와 담을 쌓았다. 학교를 마치면 오락실이나 노래방 부스를 돌아다닌다. 두발 규정이 엄격한 시절인데도 블루블랙으로 염색하거나 뽀글뽀글하게 파마를 한다. 예쁘게 꾸미고 학교 축제를 돌아다니고 친구와 담을 넘어서 땡땡이를 친다. 게다가 그들은 연애도 했다. 세상에, 연애라니. 그러니까 그들은 어른들이 하지 말라는 일은 다 했다. 쫄보 초등학생인 내가 겪어보지 않은, 혹은 아마도 결코 겪지 못할 사건들이 인터넷소설에 있었다. 시내 도서관과 언니들에게서 빌릴 수 있는 인터넷소설은 모조리 빌려 읽었다. 귀여니와 은반지, 백묘 같은 거장들의 작품을 모두 섭렵한 후 결심했다. 나도 인터넷에 소설을 써 올리겠노라고.

그렇게 생각한 소녀가 나 혼자만은 아니었다. 동네 언니가 인터넷소설을 쓰는 카페에 나를 초대했다. 우리 초등학교 학생들만 몇 명 모인 카페였다. 각자 자기가 쓴 소설을 올렸다.

그러나 불운하게도 나는 시내에 가려면 한 시간에 한 대 오는 버스를 타고 또 한 시간을 달려야 하는 시골 소녀였다. 인터넷소설에서 묘사하는 밀리오레 댄스무대나 미용실, 멋진 공고 오빠들에 대해 아는 것이 전무했다. 내가 쓸 수 있는 내용은 감나무와 대추나무의 잎사귀 생김새나 모내기 철 육모판에 황토를 채워 넣는 노동의 힘겨움, 시시때때로 집 안에 들어오는 청개구리의 습격 따위였다. 『그놈은 멋있었다』를 쓰기엔 너무…… 흙냄새가 났다. 내가 알기로 그 시절에 흙냄새가 나는 인터넷소설은 없었다. 뭐라도 올리고 싶은 마음에 다른 사람이 쓴 소설을 내가 쓴 것처럼 올렸다가 된통 욕만 얻어먹었다(원작자님, 죄송합니다……). 카페를 탈퇴하고 나는 금방 인터넷소설을 잊었다.

인터넷소설에 대한 흥미는 3개월 만에 끝이 났지만, 소설 쓰기에 대한 열망은 나날이 커졌다. 그런 내 앞에 해리 포터 팬카페가 불쑥 나타났다. 인터넷소설 다음으로 내가 빠진 이야기는 '해리 포터 시리즈'였다. 그때 막 4권 『해리 포터와 불의 잔』이 출간되었다. 밤을 새워 다 읽고도 모자라 읽고 읽고 또 읽었다. 나중에는 책장 앞에서 눈을 감고 아무 권이나 뽑아서 읽었다. 소설책 팬카페도 있는 줄은 몰랐다. 카페는 회원들이 해리 포터 세계관을 즐길 수 있도록 기숙사를 정해주고, 여러 정보를 공유했다.

무엇보다 그 카페에는 팬픽 게시판이 있었다. 해리 포터 세계관을 빌리거나 소설 속 인물들을 가지고 쓴 팬픽이 가득했다. 해리 포터 세계관을 이용한다면 나도 사람들에게 보여줄 만한 이야기를 쓸 수 있을지 몰랐다. 두근거리는 마음으로 글쓰기 버튼을 눌렀다. 드디어 나도 소설을 쓴다. 작가가 된다.

학부생 시절 글쓰기를 가르쳐주셨던 최시한 선생님은 학생들을 오소리라고 불렀다. 굴과 사냥터만 왔다 갔다 하는 오소리처럼 집과 학교를 오가는 것 외에 다른 활동을 하지 않는 학생들을 놀리는 말이었다. 선생님은 학생들을 자극하는 일이 사명인 사람처럼 보이기도 했다. "그렇게 공부할 거면 등록금으로 갈비탕 사먹어!" 같은 말을 자주 하셨다.

쿵짝이 맞는다고 해야 하나. 나는 이런 도발에 잘 넘어가는 학생이었다. 제발 글을 써서 연구실에 찾아오라 하시길래 그러기로 마음먹었다. 당장 함께 수업을 들었던 진리와 화진 등을 불러 모아 모임을 만들었다. '사람과 글'이라는 거창한 이름도 지었다. 한 달에 단편소설 한 편 완성을 목표로 매주 자기가 쓴 글을 들고 와 합평했다. 완성한 단편소설은 최시한 선생님께 가져갔다. 선생님은 우리 글을 읽고 여러 가지 질문을 했다. 질문을 들으면 바보가 된 기분이었다. 분명 내가 쓴 글에 대한 질문인데도 대답할 수 없었다. 나는 한 명의 패잔병이 되어 터덜터덜 하숙집으로 돌아가 다시 글을 붙잡았다. 쓰고 질문하고 수정하고 또 쓰고. 그렇게 1년 정도 활동했다.

모임은 즐겁고 괴로웠다. 소설은 완성하기까지 작가 혼자 지난한 시간을 보내며 써야 한다. 한 주에 한 번씩 뭐라도 들고 가야 한다는 책임감, 누군가 내 글을 기다리고 있다는 사실이 작품 완성에 큰 동력이 되었다. 내 글을 보고 의견을 줄 친구들을 위해 글을 썼다.

그러나 동시에 그 독자들이 미웠다. 모임에 흔쾌히 합류한 친구들은 (당연하게도) 열심히 읽고 쓰는 사람들이었다. 나보다 더. 그들은 그야말로 소처럼 읽고 썼다. 그 일이 전혀 힘들어 보이지 않았다. 물론 힘들겠지만 고통보다 즐거움이 더 커서 평생을 읽고 쓰는 일에 바칠 수 있을 것 같았다. 결과물도 좋았다. 모임원의 글을 읽을 때면 나는 인터넷소설을 처음 읽었던 어린 시절로 돌아가 어떻게 이런 이야기를 풀어낼 수 있는지 감탄할 수밖에 없었다. 친구들이 예민하게 포착하는 인간의 미묘한 감정, 사회에 대한 사유, 그것을 묘사하는 유려한 문장과 마지막까지 잃지 않는 이야기의 힘 따위에 속절없이 끌려갔다.

무엇보다 친구들은 사람에 대해 생각했다. 사람은 무엇인지부터 약한 사람, 짜증 나는 사람, 역겨운 사람, 사랑스러운 사람, 희망적인 사람…… 자기가 고민한 사람을 그려냈다. 나는, 정말이지 흉내도 낼 수 없었다. 내가 관심 있는 사람은 나와 내 주변인이 고작이었다.

때로는 나밖에 없는 사람 같기도 했다. 모임을 거듭할수록 한 가지 진실이 분명하게 내 앞에 모습을 드러냈다. 나에게는 재능이 없었다. 슬프게도.

새삼스럽지는 않았다. 해리 포터 팬카페에 연재한 내 첫 소설은 완전히 흥행 실패였다. 10화 정도의 그 소설은, 호그와트 비슷한 마법 학교에 입학한 주인공이 예언의 소녀가 되어서 세계를 구할 '조각'을 찾는다는 내용이었다. 주인공은 마지막 조각이 하녀이자 절친한 친구의 목숨이라고 오해하는데, 사실 예언의 소녀는 주인공이 아니라 친구였고 목숨을 바쳐야 하는 사람도 자기 자신이었다. 주인공은 기뻐하며 기꺼이 목숨을 내놓는다.

조회수는 몇십에 그쳤다. 댓글은 당연히 적었다. 나는 어떻게든 인기작처럼 보이게 하려고 댓글에 대댓글을 달아서 댓글 수를 늘리는 수작을 부렸다. 그때 달린 댓글 수, 세 개 남짓한 댓글 수가 내가 가진 재능의 크기였다. 없다기엔 아쉽고, 있다기엔 애매한.

어정쩡한 재능은 계속 나를 따라다니며 괴롭혔다.

고등학생 때는 만화 동아리에 들었다. 동아리에서는 전통적으로 1년에 한 번씩 앤솔러지를 냈다. 누구든 반드시 한 작품씩 만들어야 했다. 나는 공부를 제쳐두고 여름방학 내내 작품에 몰두했다. 잘 만들고 싶었다. 그리고 좀, 잘하는 것 같기도 했다.

완성된 앤솔러지는 꽤 두툼했다. 내 작품이 잘 나왔나 확인하려는데, 단편 작품 하나가 시선을 끌었다. 얼굴을 아는 동아리 후배가 그린 작품이었다. 쇼트커트에 키가 큰 친구로, 까만 사각 뿔테 안경을 쓰고 다녔다. 후배는 잠이 많았다. 기숙사 자습실에서 매일 졸아 사감 선생님에게 혼이 나곤 했다. 긴 다리로 휘적휘적 걷고 눈이 마주치면 스르륵 웃었다.

잠만보 후배의 작품은 그 두꺼운 앤솔러지에서 단 한 쪽을 차지했다. 늘 날개를 달고 춤을 춰서 날개 달린 천사로 불리는 발레리나에 대한 이야기였다. 주인공을 질투한 단원들이 공연 도중 그의 날개를 갈기갈기 찢는다. 놀랍게도 날개로 가려진 등줄기에는 커다랗고 흉한 흉터가 새겨 있다. 모두 깜짝 놀라 비명을 지른다. 그러나 주인공은 멈추지 않고 끝까지 무대를

집요하게 사랑하는 사람. 발견하고 파고들어 온 마음을 내어주는 사람. 만약 사전에 '서이레'라는 항목을 만든다면 이렇게 정의하고 싶습니다. 고양이 덕만부터 만화, 게임, 노래, 방송, 무엇보다 이야기를 짓는 일까지 그가 보여주는 유난한 사랑의 목록은 가없습니다. 그 애정은 다정하고 유화하기보단 악착같고 고집스러운 면이 있어요.

균열 내는 사람. '왜'냐고 묻고 '싫다'고 말하는 사람. 서이레 작가는 스스로를 부조리와 불화하는 사람으로 정의합니다. 유년 시절엔 어머니와 갈등하고, 학창 시절엔 선생님과 충돌하고, 어른이 되어선 불합리한 사회와 투쟁하지요. 그는 삶의 많은 시간과 에너지를 세상에 질문하고 잘못된 것을 바로잡으려는 데 할애해왔습니다. 이 또한 바탕에 사랑이 없다면 불가능했을 터예요.

서이레 작가가 써 내려간 글을 통과하고, 다양한 면면을 들여다보면 동명의 노래 제목이기도 한 "미안해 널 미워해" 뒤에 '그럼에도 사랑할 수밖에 없어'라는 말이 숨어 있음을 알게 됩니다. 때로는 자신과 자기 작품에까지 향하는 애증이야말로 그를 살게 하고 앞으로 나아가게 만드는 힘이라는 것까지도요. 웹툰 『정년이』 너머의 작가 서이레를 마주하는 첫 책이 독자님의 '사랑의 목록'에 놓이기를 소망합니다.

마음산책 드림

마무리한다. 그 후, 주인공은 더 이상 날개를 달지 않고 무대에 서지만 여전히 날개 달린 천사로 불린다.

만화용 원고지에 펜으로만 그린 짧은 단편 만화를, 나는 앉은 자리에서 읽고 또 읽었다. 충격적이었다. 충격적으로 좋았다. 어떻게 이런 이야기를 그릴 수 있었을까? 후배의 가느다란 펜 선과 컷 안을 빽빽하게 메우는 연출 스타일은 이야기와 너무나 잘 어울렸다. 나는 작품이 주는 감동과 질투에 젖어 계속 읽는 것 말고는 아무것도 할 수 없었다. 앤솔러지에 실린 내 작품은 보는 둥 마는 둥 했다. 후배 작품은 이후로도 몇 번 다시 보았지만 내 작품은 두 번 다시 펼쳐보지 않았다.

종종 재능과 노력을 저울질하는 사람들을 본다. 특히 예술 분야에서 재능은 넘을 수 없는 벽, 아무리 쫓아가도 손에 쥘 수 없는 무지개처럼 여겨지곤 한다. 영화 〈아마데우스〉에는 재능 있는 천재를 이길 수 없었던 노력가 범재의 괴로움이 잘 드러난다. "욕망을 갖게 했으면 재능도 주셨어야지!" 살리에르의 대사는 뭇 범재들의 가슴에 날아와 꽂힌다.

살리에르와 나의 차이점은 기억력이다. 우습게도 나는 나의 재능 없음을 금방 잊는다. 새로운 이야기를 떠올리기라도 하면 내 재능의 애매함보다 빨리 이 작품을 완성하고 싶다는 마음이 오븐 속 크루아상처럼 부풀어 오른다. 완성해서 사람들에게 한 입씩 먹이고 싶다. 먹이고 맛있다는 말을 듣고 싶어서 안달이 난다. 흥행에 참패한 해리 포터 팬픽 이후에도 나는 팬픽을 썼다. 댓글이 0개가 달리든 100개가 달리든 썼다. 잠만보 후배의 작품을 본 날, 새로운 만화 스토리를 공책 맨 뒤에 적기 시작했다. 그 이야기는 나중에 라미아 작가님과 함께 만든 『소녀행』의 초안이 되었다.

물론 내 부족함을 견디기 힘들 때도 있다. 나 역시 좋은 작품이 뭔지 아니까. 잘 만든 작품과 비교하면 내 작품은 어정쩡한 느낌이다. 작품 흉내는 냈는데 만듦새가 엉성하다. 작품을 완성하고 나면 더욱 티가 난다. 이렇게 썼어야 했는데, 저렇게 고쳤어야 했는데, 하는 아쉬움이 끈덕지게 남는다. 훌륭한 작품을 보면 왜 그리 질투가 나는지! 하지만 뒤돌면 어느새 부족함도 질투도 연기처럼 사라지고 쓰고 싶은 욕망만 남는다. 천재를 미워할 시간도 아깝다. 그 시간에 글 써야지! 남 미워한다고 내 작품이 나아지진 않는다. 욕망을 갖게 했으면 재능도 줬어야 한다고? 나는 욕망만으로도 행복한…… 욕망의 노예다.

앞길이 막막해서 신점 보러 간 썰

그땐 진짜 힘들었다.

제작사를 통해 스토리작가가 벌 수 있는 돈은 그리 많지 않다. 다른 스토리작가들은 두 작품, 세 작품을 한꺼번에 작업한다고 들었다. 불행히도 나는 그럴 수 없는 사람이었다. 이 작품에는 이 작품만의 세계와 법칙이 있고 저 작품에는 저 작품만의 분위기와 문법이 있다. 이 작품에서 저 작품으로 넘어가 세계관에 익숙해지고 이야기를 쓰기까지 너무 오랜 시간이 걸렸다. 한 작품만 하면서 먹고살려면 아르바이트를 해야 했다.

예전부터 카페 아르바이트를 하고 싶었다. '사람과 글' 멤버 화진은 대학 근처 카페에서 아르바이트를 오래 했다. 나는 갈 곳이 마땅치 않으면 화진이 일하는 카페에 가서 괜히 말을 걸고 글도 썼다. 마감 시간이 되면 매장 노래를 맘대로 틀 수 있었다. 나는 당시 제일 좋아했던 노래인 아이유의 〈레드 퀸〉을 틀어놓고 춤추면서 화진이 쓰레기를 내놓고 컵을 닦길 기다렸다. 나도 화진처럼 가까운 동네 카페에서 일하며 틈틈이 작업도 하고 싶었다.

하지만 이상하게도 카페 아르바이트는 지원하는 족족 떨어졌다. 스무 살이 되자마자 아르바이트를 구하던 때부터 그랬다. 학원이나 멘토링 강사는 척척 붙었는데 카페는 이력서를 아무리 써도 연락이 안 왔다. 기껏 면접을 보면 다른 일을 하는 게 좋겠다며 돌려보내지기 일쑤였다. 이번에도 이변은 없었다. 카페는 단 한 군데서도 연락이 오지 않았다. 대신 조교를 구하는 국어연구소에서 답변이 왔다. '설마 카페들이 날 전부 떨어뜨리겠어? 그래도 혹시 모르니 넣어보자' 하고 이력서를 보낸, 딱 한곳이었다. 강사님은 면접에서 나를 보자마자 말했다. "오늘부터 일하면 안 되나? 오늘부터 했으면 좋겠는데." 평생 누군가에게 꼰대질이나 할 팔자인가 보다 생각했다.

조교 일은 어렵지 않았다. 사무실은 늘 쾌적했다. 탕비실에는 간식과 주스, 차가 부족할 새 없이 채워져 있었고, 업무도 간단했다. 나의 고용주는 출퇴근 기록지에 찍힌 대로 정확하게 월급을 계산해서 정해진 날에 입금해주었다. 조교 월급과 웹툰 고료는 금전적으로 풍요롭지는 않아도 생활비를 충당할 정도는 됐다. 그렇다면 이 가련한 작가는 무엇이 그렇게 힘들었을까? 폭죽처럼 팡팡 터진 허리 디스크? 인기작을 만들지 못하는 자기 자신? 아니…… 바로 엄마다.

우리 엄마는 시골 아낙네다. 휴대폰으로 송금하는 방법은 몰라도(지금은 안다. 농협 직원이 은행 앱을 설치해주고 사용법도 가르쳐줬다고. 감사합니다!) 시시콜콜한 동네 사람들 소식은 다 알고, 메일주소와 비밀번호는 매번 까먹지만 제철 나물과 과일은 잊지 않고 챙긴다. 엄마는 나를 낳고 지금까지 벼농사를 짓고 있다. 여름엔 농약을 치고 가을엔 추수 뗏거리를 챙기면서 살았다.

발을 땅에 단단히 붙이고 사는 삶에 인터넷은 별 볼

일 없는 세계다. 남들 다 스마트폰 쓸 때 홀로 2G폰을 사용하던 엄마는 스마트폰을 사고도 꼭 가장 싼 기기를 가장 싼 요금제로 사용했다. 카톡에서 사진 한 장을 로딩하는 데 1분이라는 멋진 속도를 자랑했다. 엄마는 전혀 답답해하지 않았다. 그런 사람이다. 그리고 그런 사람의 딸이 웹툰 스토리작가가 된 것이다. 엄마는 내 작품이 나오기 전까지 웹툰이 뭔지도 몰랐다.

꽤 자랑스러운 장녀였으리라 생각한다. 나도 그렇게 크려고 노력했다. 어릴 때는 시키는 대로 책을 열심히 읽었고 중고등학생 시절에는 나쁘지 않은 성적표를 가져왔다. 서울에 있는 4년제 대학을 다니면서 꼬박꼬박 장학금을 타 왔다. 그랬던 딸이 갑자기 웹…… 머시기를 만든다고 하니 어리둥절했을 거다. 엄마에게 웹툰, 웹툰이 나오는 과정, 그 과정에서 내가 하는 역할, 내가 만드는 작품, 그리고 내 작품을 볼 수 있는 과정을 얼추 이해시키는 데에 일주일이 걸렸다.

엄마는 미심쩍어했다. 웹툰은 엄마 마음에 들지 않는 것투성이였다. 우선 출퇴근을 안 한다. 방에 틀어박혀서 키보드나 두들기고 있다. 밥도 제때 안 먹고(아니다. 삼시 세끼 잘 먹었다) 잠도 제때 안 자는데(조금 늦게 잔 거지 꼬박꼬박 잘 잤다) 돈은 번다니 이상한 일이었다. 그러니 애가 비쩍 마르고(참고로 내 몸무게는 스무 살 이후로 큰 변화가 없다) 허리도 다치고(혼자 이삿짐 나르다가 다친 것이다) 건강에 안 좋아 보인다. 웹툰 사이트에 들어가보면 맨 폭력물, 연애물(보수적인 개신교 중년 여성의 관점이다)이라 영…… 별로다!

그래도 엄마는 내 작품을 다 봤다. 매주 연재 요일에 맞춰 작품이 발행되기를 기다렸다가 보고 잤다. 당신이 보기에 좋았던 부분은 전화로 알려줬다. 매주 잘 봤다는 카톡이나 전화를 받고 엄마의 사랑에 몸 둘 바를 몰랐다. 나는 내 자식 작품을 매주 볼 자신이 없다. 재미없으면 안 볼지도. 우리 엄마는 딸이 만든다는 이유 하나만으로 익숙지 않은 스마트폰을 조작하며 '웹 머시기'를 매주 본 것이다. 흑흑. 감동에 젖어 마음이 눅눅해져 있을 때, 엄마는 꼭 이런 말을 덧붙였다. "글은 그만 쓰고 교육대학원 가. 가서 선생님 해."

평생 누군가에게 꼰대질할 팔자. 그건 엄마의 숙원

과도 이어져 있다. 엄마는 나를 선생님으로 만들고 싶어 했다. 부드러운 블라우스에 단정한 스커트를 입고 학생들을 가르치는 국어 선생님. 같은 교사와 결혼해서 아이도 낳고 교회도 다니고…… 그러면서 틈틈이 글을 쓰는 선생님. 엄마는 교직 생활을 하면서 충분히 글을 쓸 수 있다고 주장했다. 아르바이트를 병행하자 엄마의 닦달은 더 심해졌다. "돈도 못 버는 힘든 일을 왜 자꾸 하려고 해! 교육대학원 가서 교원자격증 따!"

학생들을 가르치는 일은 보람차다. 나도 좋아한다. 이 글을 쓰고 있는 지금도 좋다. 하지만 한 번에 두 작품도 버거워서 못 쓰는 사람이 어떻게 두 가지 직업을 갖고 살 수 있겠는가. 교육자로 일하면서 작가가 되라는 말은 어불성설이었다. 교직 사회에서 버틸 자신도 없었다. 이미 내 오른팔에는 멋진 프리다 칼로 문신이 있었다. 지금은 왼팔에도. 앞으로는 어깨에도 생길 것이다. 무엇보다 임용시험을 생각하니 눈앞이 캄캄했다. 수능을 보고 나오면서 국가 공인 시험은 두 번 다시 치지 않겠다고 맹세했다. 누군가 정해놓은 답을 찾는 일은 내게 너무 숨 막히고 어려웠다.

엄마는 분명 나를 사랑한다. 매주 내 작품을 보고 감상을 전해주고 선생님이 되라고 한다. 나를 사랑하기 때문에. 나도 엄마를 사랑한다. 누구보다도 믿고 의지한다. 그래서 바랐다. 내가 하는 일을 존중해줬으면. 내가 사랑하는 것을 엄마도 사랑해줬으면. 아니, 그냥 딱 한 번만이라도 좋으니까 아무 말 없이 날 믿어줬으면.

하지만 그건 너무 꿈같은 바람이었을까. 엄마는 매주 한 번씩 어김없이 교사가 되길 종용했고, 설득을 포기한 내 마음은 나날이 너덜너덜해졌다. 어느 날 유독 하기 힘들었던 통화를 끝내고 나는 결단을 내렸다. 신점이다. 신점을 보러 가야겠다.

대단히 이상한 결론은 아니다. 그즈음 또래 친구들이 모인 카톡방에는 용하다는 무당집과 철학관 번호가 돌아다녔다. 막 직장 생활을 시작하거나 이직을 고민하는 이십대 중후반들이었다. 누군가 결론을 내려주길 바라는 마음 반, 재미 반으로 사주를 봤다. 그때까지 내가 본 점사는 친구들과 홍대 근처에서 술김에 본 타로점이 전부였다. 사주는 재밌었지만 돈을 주고 볼 마음은 좀처럼 들지 않았다. 하지만 마음이 힘들면 신적 존재를 찾게 되긴 하나 보다. 큰맘 먹고 용하다는 보살님 번호를 받았다. 교직일까 웹툰 스토리작가일까. 그도 아니면 회사원? 공무원? 뭐든 좋으니 어느 길이 내 길인지 보살님 정답을 알려줘.

막상 찾아가자니 살짝 무서웠다. 보살님은 여자분이었다. 낮에는 직장 생활을 하고 밤에는 신을 모셨다. 우리의 만남도 저녁부터 가능했다. 보살님의 신당이 있는 동네는 다세대주택과 동네 슈퍼가 다닥다닥 붙어 있는, 오래된 골목이 거미줄처럼 얽힌 곳이었다. 건물은 낮았고 시멘트 담벼락은 세차게 비라도 오면 무너질 듯했다. 흐릿한 가로등 불빛에 의지해 주소를 찾아갔다. 신당도 다세대주택 3층에 있었다. 좁고 가파른 계단을 올라 낯선 현관문 앞에 섰다. 누구라도 데려올걸. 후회가 막심했다. 겁도 없이 혼자 온 나를 짧게 탓하고 문을 두드렸다.

내 예상과 다르게 보살님은 번쩍번쩍한 한복이 아니라 평범한 일상복 차림이었다. 지하철에서 흔히 볼 수 있는 삼십대 직장인 같았다. 흔한 직장인 중에서도 조금 시크한 인상을 지닌…… 시크한 직장인. 현관문 안으로 펼쳐진 공간도 평범한 가정집 모습이었다. 오래된 싱크대와 보살님이 생활하는 듯한 방이 언뜻 보였다. 보살님은 나를 거실 반대편 신당으로 안내했다.

신당에 들어서면서부터 나는 기가 죽기 시작했다. 텔레비전이나 영화관에서나 보던 제기들이 가득했다. 방울부터 알 수 없는 부적, 은은한 촛불, 천장에 매달린 등, 제단 위의 과일…… 그야말로 압도당하는 기분이었다.

시크한 보살님은 나를 보고 피식 웃었다. "죄지은 것도 없는 애가 왜 그렇게 겁이 많아. 죄지었어?" 그렇게 말하는 보살님의 눈매는 왜인지 아까와는 다르게 보통 사람 눈매 같지 않았고 입매도 나를 비웃는 듯했고 나를 다 꿰뚫어 볼 것만 같았고 하여튼 다 내가 잘못한 것 같은 기분이었다. 나는 벌벌 떨면서 이름을 말했다.

보살님은 잠시 조용히 집중했다. 나는 구운 오징어처럼 쪼그라들었다. 별별 생각을 다 했다. 지금 녹음기를 켜면 보살님이 신이랑 대화하는 목소리도 녹음이 될까? 까지 생각했을 때, 보살님이 마침내 눈을 떴다.

자세를 한결 편하게 잡은 보살님은 궁금한 것이 무엇이냐 물었다. 드디어 첫 번째 질문이었다. 나는 여기까지 오는 내내 고이고이 곱씹었던, 인생에서 가장 궁금하고 진지한 질문을 던졌다. "제가 일확천금을 얻을 수 있을까요?"

시크한 보살님은 반응도 시크했다. 일확천금 얻는 수에는 반드시 살이 붙으니 좋아하지 말라는 것이었다. 물론 보살님이 본 내 미래에도 황금 벼락 맞을 운은 없었다. 그럼 그렇지. 나는 더욱 편하게 내 이야기를 털어놓았다. 회사에 취직해야 할까? 교육대학원은 가지 않더라도 웹툰 스토리작가는 그만두는 것이 좋을지 궁금했다. 보살님은 고개를 갸웃했다. "재능도 있고 잘될 것 같은데. 자기 이름으로 책도 나올 것 같고. 상복도 있고."

조금 울컥했다. 재능. 그렇구나. 재능이 있구나. 이렇게 계속 인기 없는 작품만 만드는데도. 나를 누구보다 사랑하는 엄마도 날 믿지 않지만, 나에게는 재능이 있다. 재능이 있다!

상담을 마치고 보살님은 내게 마지막으로 한마디를

덧붙였다. "나 같으면 할 거야. 계속해. 잘될 거야."

지금 돌이켜 생각하면 무척 위험한 일이었다. 몸과 마음이 약해진 사람들을 이용하려는 사기꾼이 세상에 얼마나 많은가. 점술을 오락으로 여기지 못하면 문제가 발생한다. 나는 그 경계에 서 있었다. 시크한 보살님이 나쁜 사람이 아니어서 천만다행이었다. 때마침 필요한 말을 들은 것도 운이 좋았다.

사실 그때는 보살님이 아닌 다른 누군가의 말이어도 상관없었을 것이다. 너에게는 재능이 있어. 널 믿어. 잘될 거야. 신당이 있던 골목만큼이나 낡고 오래된 위로. 그래서 모두 입 밖으로 꺼내길 남사스러워하는 단순한 응원이 그때는 절실했다. 이 세상에 진짜로 있기는 한지 의심스러운 존재가 해준 응원이어도 말이다.

보살님 덕분에(?) 나는 취직하지 않았고 차기작 『정년이』도 무사히 론칭했다. 보살님 말대로 책으로도 나오고 상도 받았다. 엄마는 더 이상 스토리작가를 그만두라고 하지 않는다. 웹 머시기를 등한시했던 과거를 살짝 후회까지 한다. 최근엔 엄마를 모시고 병원에 다닐 일이 잦았다. "선생님 되라고 왜 그랬을까. 선생님 했으면 이렇게 나랑 병원 못 다녔을 건데." 참 나! 저기요!

한편, 나는 신이 나서 시크한 보살님 번호를 뿌리고 다녔다. 용하다고 침을 튀기며 홍보하는 내 말에 친구 두엇이 홀라당 넘어갔다. 상담 결과는 신통치 않았던 모양이다. 이상한 일이다. 신기가 약해지셨나?

이상적인 작업실

〈한겨레21〉에서는 '21 라이터스WRITERS'라는 이름의 인터뷰 특집호가 나온다. 소설가, 에세이작가, 드라마작가 등 말 그대로 '라이터스'를 인터뷰한다. 4호에는 웹툰작가 스물한 명을 인터뷰했는데, 내가 한 꼭지를 차지하게 됐다. 봄치고는 더웠던 날 집 근처 카페에서 인터뷰를 마치고 슬렁슬렁 돌아왔다.

두서없이 뱉은 말이 매끈한 기사로 정리되어 도착했다. 인터뷰어 채윤 님이 기사를 보내주시며 사진을 요청했다. 작업에 항상 함께하는 덕만이와 내 얼굴을 대신할 이미지 그리고 작업실 사진이었다. 프로필 이미지는 쉽게, 덕만이 사진은 수많은 후보 중 어렵게 골랐다. 진짜 문제는 작업실이었다. 나는 도저히 사진을 찍어 보낼 용기가 나지 않았다. 어떻게 구도를 잡아도 너무…… 평범했다.

작가의 작업실이라고 하면 떠오르는 이미지가 있다. 벽 한 면을 가득 채우는 책장과 커다란 원목 책상. 바닥에는 부드러운 카펫이 깔려 있고, 창문에는 책을 보호하기 위해 햇빛을 가리는 은은한 시폰 커튼이 걸려 있다. 책상 위에는 아무렇게나 굴러다니는 것 같지만 나름대로 정돈된 책과 종이 그리고 멋들어진 금장 장식 필기구가 놓여 있다.

너무 고전적인 이미지인가? 그렇다면 이건 어떨까. 온통 하얀 인테리어. 유리와 철제로 마감된 군더더기 없이 깔끔한 장식장에는 군데군데 두꺼운 화집이 있다. 절대 꽉 채우면 안 된다. 군데군데가 포인트다. 이 여유로운 작업실 책상에는 역시 컴퓨터 한 대만 외로이 놓여 있는데, 브랜드는 당연히 애플이어야 한다. 구석에는 푹신한 일인용 리클라이너와 간접조명, 낮은 서가도 있다.

멋진 인테리어의 시작은 공간이다. 데뷔작을 쓸 때
내 작업실은 원룸 책상 위였다. 가끔은 식탁이 되고 가
끔은 행거가 되는 공간이다. 업무 공간과 휴식 공간이
분리되지 않은 고통은 겪어보지 못한 사람은 모를 것
이다. 코로나19 시기 이전에는 다들 내가 배부른 소리
를 한다고 생각했다. 물론 출근 준비하는 미미를 침대
위에서 놀리는 건 꿀처럼 달콤한 일이긴 하다. 출퇴근
시간 대중교통은 지옥이 따로 없으니까. 그러나 가끔
은 차라리 한 시간씩 지하철을 타고 출퇴근을 하더라
도 직장과 집이 구분되었으면 좋겠다고 생각했다. 언
제든지 쉴 수 있다는 말은 언제든지 일할 수 있다는 말
과 같다. 밥 먹을 때도, 텔레비전을 볼 때도, 잠들기 전
에도 '마음만 먹으면 일할 수 있다'는 가능성은 죄책감
을 안겨줬다. 심할 때는 주말에도 쉬지 못했다. 남들에
겐 주말이지만 프리랜서에게는 일할 수도 있는 날이었
다. 나는 영원히 퇴근할 수 없었다. 코로나19로 재택근
무를 시작한 친구들이 내 말에 공감해줘서 기뻤다.

너무 많은 자유가 나를 더 해치기 전, 강제로 출퇴근
할 수 있도록 공용 작업실을 구했다. 대본이나 시나리

오 작업을 하는 작가 서넛이 모인 공간이었다. 집과 가깝고 멤버들도 좋았다. 특별히 멋진 인테리어는 아니어도 작업하기에 좋았다. 창문을 열면 남산서울타워가 보이는 최고의 뷰. 걸어서 10분 안에 지하철, 버스, 스타벅스가 모두 있는 최적의 입지. 싼 가격까지! 이 멋진 장소와 함께 훌륭한 프로 작가로 거듭난다면 좋으련만. 나는 기껏 지어놓은 비단옷을 아깝다고 쳐다보기만 하는 자린고비처럼 작업실에 못 나갔다. 공용 작업실에는 사람들이 있었다. 내 옆자리에도 성실한 작가님이 있었다. 그게 문제였다. 나는 누가 내 작업을 본다는 느낌이 들면 단 한 글자도 쓰지 못한다. 모르는 사람이면 상관없다. 조금이라도 일면식이 있는 사람은 옆에 서 있기만 해도 너무 신경이 쓰였다. 드문드문 나가던 작업실은 얼마 못 가 정리했다.

분리된 작업 공간을 다시 갖게 된 건 다 미미 덕이다. 대학을 졸업한 미미가 서울에서 구직을 하기로 마음먹은 것이다. 우리는 즉시 함께 살 집을 구하러 다녔다. 나는 당연히 방을 하나씩 가지려니 했다. 미미는 침실을 같이 쓰길 고집했다. 죽어도 혼자 자기는 싫다는 것이었다. 덕분에 나는 작은방 하나를 온전히 내 작업실로 쓸 수 있게 됐다.

책상 옆에 침대가 없는 것만으로도 작업 효율은 엄청나게 높아진다. 고작 벽으로 공간을 나누었을 뿐인데! 침실에서 나와 작업실로 들어가면 몸에 긴장감이 돈다. '지금부터 머리에 힘주고 일을 시작한다!'라고 자기최면을 걸 수 있다. 쉴 때는 침실로 돌아와 눕는다. 몸이 멀어지면 마음도 멀어진다고 하지 않나. 커서가 깜빡거리는 문서프로그램 창과 책 더미에서 물리적으로 멀어지면 머리도 일 생각에서 벗어났다. 나는 침실, 거실, 작업실을 번갈아 돌아다니며 노동 텐션을 유지했다.

집에서 작업할 때 단점은 딱 하나, 이웃이다. 좋은 이웃과 함께라면 상관없다. 나와 미미의 첫 자취방 바로 위층에는 집주인이 살았다. 이 기운 좋은 할머님은 낮이고 밤이고 시도 때도 없이 현관문을 두드려댔다. 택배를 빨리 치우라거나 쿵쿵대지 말라는 민원이었다. 택배는 그렇다 쳐도 쿵쿵대지 말라니? 우리가 3층이고 할머님이 4층에 사시잖아요! 처음에는 소리가 울리나 보다 하고 넘겼지만, 계속 찾아오니 스트레스가 이만저만이 아니었다. 미미가 출근하면 집에는 나 혼자 남았다. 하루에 100보도 안 걸었다. 하루 종일 책상 앞에 앉아 키보드나 두들기는 형편에 층간소음이라니. 오히려 아랫집은 층간소음 문제로 주의를 준 적이 없었다. 한창 일하고 있을 때 누군가 초인종을 누른다고 생각해보라. 나는 집중하면 덕만이가 소리 없이 책상 위로만 올라와도 깜짝 놀라는 새가슴이다. 일주일에 한두 번씩 초인종 소리에 심장이 떨어지는 경험을 반복하다 보니 슬슬 짜증이 났다. 결국 나는 폭발하고 말았다. 너무 버르장머리 없었던 것 같아 어떻게 폭발했는지는 비밀에 부친다.

할머님은 그 뒤로 문을 두드리지는 않았지만 계약 만기를 채우고 마지막 이삿짐을 나르는 그 순간까지 불평불만을 멈추지 않았다. 휴. 다시 말하지만 재택근무는 결코 쉽지 않다.

지금 사는 집으로 이사하면서 작업실을 멋지게 꾸며

보려 했다. 이번 작업실은 작다. 성인 여성이 누우면 꽉 찬다. 그런 작은 방에 책상과 책꽂이를 밀어 넣으니 발 디딜 틈도 없다. 여기에 덕만이 캣 폴과 스크래처, 해 먹, 인간의 잡동사니들, 책꽂이에서 넘쳐흐른 책들(책 이 정말로 흐른다), 학생들 과제물, 종이 더미, 펜, 가방이 가득하다. 다 마신 커피 잔과 수북이 쌓인 캐러멜 껍질 은 없다는 게 그나마 다행일까. 10년 전쯤 유행한 분홍 색 포인트 벽지가 한쪽 면을 차지하고 바닥은 비닐 장 판이다. 이런 상황에서 인테리어 감각이 떨어지는 사 람이 어쭙잖게 꾸미려고 시도하면 잡동사니 방은 더욱 일관성 없는 잡동사니 방이 될 뿐이다.

애초에 나는 예쁜 작업실을 가질 자격이 없을지도. 아마 일주일 안에 종이와 펜, 책이 굴러다니는 공간이 될 것이다. 다른 물건은 몰라도 작업할 때 종이와 펜이 없으면 안 된다. 이야기가 풀리지 않으면 종이와 펜부 터 찾는다. 키보드를 쭉 밀어놓고 무엇이 문제인지 쓰 면서 정리한다. 이야기를 처음 기획할 때도 우선은 종 이에 쓴다.

어릴 땐 종이에 쓰는 것이 그렇게 싫었다. 백일장에

나가면 주어진 종이나 원고지에 볼펜으로 써서 제출하게 했다. 나는 내용이 바뀔 것을 감안해 먼저 연필로 쓰고 그 위에 볼펜으로 다시 쓴 뒤 지우개로 연필 글씨를 지워서 제출했다. 대회장을 나설 때는 오른손이 늘 뻐근했다. 성격이 급해 손 글씨가 생각의 속도를 따라가지 못하는 것도 답답했다. 왜 참가자에게 컴퓨터를 지급하지 않는지 이해가 되지 않았다.

그랬던 내가 종이와 펜이 없으면 생각할 수 없는 어른이 되다니. 사실 휴대폰 스케줄 앱을 사용하게 된 것도 비교적 최근이다. 종이 스케줄러에 직접 쓰지 않으면 일정이 와닿지 않았다. 자료를 정리할 때도 책을 읽으며 필요한 정보를 손으로 쓴다. 그래야 머리에 들어오는 느낌이다. 요새는 초등학생들도 전자기기로 수업을 듣던데 그 친구들은 종이와 펜 없이도 정보를 정확히 감각할 수 있는 걸까? 그야말로 신인류다.

구인류 이레는 대본을 완성하고 난 뒤에 꼭 인쇄해서 읽어본다. 분명 완벽하다고 생각했는데 뽑아서 읽으면 구멍이 보인다. 특히 대사. 종이 위의 대사와 모니터 위의 대사는 같은 대사인데 왜 종이 위에만 올라오면 장황해질까? 인쇄된 대본은 쓸데없이 길고, 군더더기가 많고, 재미없다. 빨간 펜을 들고 쭉쭉 그어가며 수정한다. 거의 다시 쓰게 되는 대본도 있다. 쓸모를 다한 대본은 뒤집어서 책상 한쪽 이면지 구역에 모아놓는다. 거기엔 어제 읽다 만 책, 정리해놓은 다음 화 줄거리, 어디서 받은 전단지와 충전 중인 휴대폰이 한데 얽혀 있다.

채윤 님께는 고심 끝에 막 이사한 날 찍은 작업실 사진을 보내드렸다. 너무 깔끔해서 조금 무서운 사진이다. 언젠가 꿈의 작업실을 가질 수 있다면 꼭 엄청나게 크고 튼튼한 책장을 두고 싶다. 지금 사는 집으로 이사 오면서 책을 많이 줄였다. 안 읽는 책은 나누거나 버렸다. 앞으로는 책장도 더 안 사고 되도록 빌려 읽거나 전자책을 사야겠다고 마음먹었다. 이상하게 내가 읽고 싶은 책은 전자책으로는 안 나온다. 가까운 도서관에도 없다. 그렇게 한 권 두 권 사다 보니 둘 곳이 없어 제멋대로 쌓아두게 되었다. 어디에 무슨 책이 있는지 한눈에 보이지 않아 힘들다.

넓은 책상도 필수다. 책과 종이, 컴퓨터를 두고도 자리가 남아서 고양이가 누울 수 있을 만큼 넓어야 한다. 이 책상은 방 한가운데에 두고 싶다. 참, 덕만이가 쉴 공간도 있어야 한다! 창문가에 캣 타워를 둬야지. 책장만큼 큰 걸로. BPF라고 아주 크고 튼튼한 캣 타워를 만드는 곳이 있다. 덕만이에게 이곳 캣 타워를 사주고 싶은데 지금 집에서 그랬다가는 고양이 집에 인간 둘이 사는 꼴이 될 것이다. 또 턴테이블과 좋은 스피커를 둘 거다. 모니터도 두 대 써야지! 〈에브리씽 에브리웨어 올 앳 원스〉 영화 포스터 액자랑 나몬 언니가 그려준 덕만이 그림을 보기 좋은 곳에 걸어두고, 국립중앙박물관에서 산 반가사유상 미니어처(이 반가사유상은 독실한 개신교도인 엄마 손에 버려졌다가 되찾은 귀중한 유물이다), 〈꼬마 마법사 레미〉 오르골이랑 우마무스메 피규어하고 또……

아무것도 잘못되지 않았다

아침마다 알약을 세 알 먹는다. 하나는 위장약이고 나머지 둘은 우울증 약이다. 처음에는 복용을 자주 잊어서 알람 설정을 해두었는데, 지금은 완전히 습관이 되었다. 이 조그만 알약들은 내가 너무 깊이 생각에 파고들지 않도록 돕는다.

왜 우울증에 걸렸을까? 사람들은 아프면 이유를 찾는다. 우울증을 앓으면서 병에는 이유가 없다는 사실을 알았다. 왜 우울증에 걸렸냐고? 나도 모른다. 이유를 찾고자 하면 모든 것이 이유다. 가난, 병, 여성 폭력, 저소득, 타고난 기질…… 모든 것이 이유라는 말은 다시 말해 아무 이유 없다는 뜻과도 같다. 병은 인생의 많은 부분이 그러하듯 자연재해처럼, 교통사고처럼 온다.

그래서 나는 이유보다 중요한 것, 우울증이 훔쳐 간 내 성실함을 되찾는 데에 더 신경 썼다. 우울증은 내가 당연하게 해내던 많은 일을 못 하게 만들었다. 마감이 코앞인데 노트북을 켜기는커녕 아침에 일어나기도 힘들었다. 학부생 때는 아침 8시 수업도 들었던 내가 도무지 눈을 뜨지 못한 것이다. 간신히 침대에서 일어났을 땐 이른 저녁이었다. 하루 중 절반을 잠으로 보낸 셈이다.

아침 겸 점심 겸 저녁을 먹으면서 하루를 쓰레기처럼 보냈다는 죄책감에 휩싸인다. 내일은 반드시 일찍 일어나겠다 다짐하며 침대에 눕지만 밀려오는 걱정과 불안에 잠은 쉬 찾아오지 않는다. 새벽까지 뜬눈으로 지새우다 간신히 잠에 든다. 눈을 뜨면 또 해는 중천에 떠 있겠지? 내일도 글렀다는 생각을 하면서 잠으로 도피한다. 자고 있는 동안에는 아무 생각도 하지 않을 수 있으니까.

이렇게 침대에서 뭉개는 동안 시간은 성실하게 흘러

마감 날짜를 지나간다. 당연히 PD님에게 연락이 온다. 이때쯤에는 나도 언제 전화가 올까 심장을 졸이고 있다(그럴 시간에 마감을 하면 좋을 텐데……). 처음 온 전화는 절대 안 받는다. 너무 무섭다. 상상 속 PD님은 냉정한 목소리로 나를 추궁한다. 내가 돌이킬 수 없는 큰 실망을 줬고, 우리의 신뢰는 완전히 무너졌으며, 이제 나와 일하지 않기로 했다고 통보한다. 나는 휴대폰을 부여잡고 고개를 연신 끄덕이면서 그저 죄송하다고 말할 수밖에 없겠지. 꼭 죄송하기 위해 태어난 사람처럼.

최악으로 치닫는 상상에 브레이크를 거는 건 문서와 돈이다. 나는 회사와 계약을 했다. 돈도 받았다. 그 사실을 떠올리면 머리가 차가워지고 정신이 든다. 나는 내가 한 약속에 책임을 져야 한다. 이 얼마나 무서운 일인가!

심호흡 한 번, 변명 준비 완료, 받아 적을 펜과 종이 준비 완료, 심호흡 두 번. 그리고 전화를 건다. PD님은 별 이야기를 하지 않는다. 가벼운 안부를 나누고 마감 날짜를 다시 잡는다. 시시콜콜한 농담도 주고받는다. 그러는 동안 나도 긴장이 풀려서 목소리가 명랑해진다. 밝은 인사를 끝으로 전화를 끊으면 시끌벅적하던 세상이 순식간에 고요해지는 느낌이다. 뱃속 깊은 곳에서부터 우러나오는 안도와 함께, 나는 한 가지 진실과 마주한다. 전화를 걸기 전 상상했던 PD님의 실망과 분노는 내가 스스로에게 느끼는 감정이었다는 걸.

이 생활이 루틴이 되었을 때의 장점은 매일매일 초조하게 살 수 있다는 점이다. 왜, 인간은 스릴을 위해 수백 미터 상공에서 뛰어내리기도 하지 않는가. 매일매일 '마감 언제 하지'라는 생각에 초조해하다가 하루이틀을 남겨두고 밤을 새워 썼다. 당연히 퀄리티는 들쭉날쭉, 마감 일정도 넘기기 일쑤였다. 나는 점점 자신감을 잃어갔다. 어쩌다 날짜에 맞춰 마감을 해도 뭔가 잘못한 기분이 들었다. 효능감은 짧고 죄책감은 오래 갔다.

정신과에 대한 내 경험은 그다지 좋지 않다. 첫 상담은 대학교 상담 센터에서였다. 무슨 문제가 있어서 갔다기보다 궁금해서 방문했다. 당시 내 주된 걱정은 등록금과 생활비 같은 금전적인 문제였다. 말하다 보니 엉엉 울고 있었다. 티슈를 왕창 뽑아다 코를 푸는 나에게, 상담사는 부모님께 말해보라는 답변을 들려주었다. 눈물이 쏙 들어갔다.

두 번째 상담은 꽤 유명한 병원에서였다. 내 불안과 걱정을 듣더니 재학 중인 학교가 어디냐고 물었다. 왜 그런 게 궁금하지? 당황스러웠지만 궁금하다니 알려주었다. 의사는 그 정도 학벌을 가진 여자가 왜 쓸데없는 피해망상에 빠져 있냐고 조언(?)했다. 그 뒤로는 병원에 안 갔다.

진리는 우울증에 허우적대며 엉망이 된 내 엉덩이를 걷어찼다. 빨리 병원에 가라고 성화였다. 아무리 그래도 내키지가 않았다. 또 이상한 병원에 걸려서 종교를 믿으라는 둥 부모님께 도움을 구해보라는 둥 하면 어떡하나. 그런 조그만 외부 자극도 받아들이기 힘든 시기였다.

하지만 동시에, 이 지긋지긋한 불안과 죄책감에서 벗어나고 싶기도 했다. 아무리 스릴이 좋대도 사람이 매일매일 초조해하며 살 수는 없잖은가. PD님께도 죄송했다. 주변 친구들에게도. 무엇보다 나 자신에게 미안했다. 진리는 친절히도 평이 좋은 병원 목록을 뽑아

쳤다. 집에서 가까운 병원이 눈에 띄었다. 지갑과 휴대
폰을 챙겨서 지하철을 탔다.

병원에는 사람이 엄청 많았다. 세 시간을 기다려서
의사 선생님과 만났다. 선생님은 짧게 질문하고 내 대
답을 유심히 들었다. 처음에는 무슨 이야기를 해야 할
지 몰라서 애를 먹었다. 남 앞에서 내 이야기를 잘 꺼
내지 못하는 편이기도 하고, 이전 병원처럼 내 경험을
별것 아닌 일로 치부할까 봐 무섭기도 했다. 선생님은
내가 어떤 말을 하든 잘 들어주었다.

마침내 조금 편안해졌다. 나는 작업하면서 느끼는
죄책감에 대해 털어놓았다. 잘하고 싶다. 내가 지금까
지 했던 어떤 일보다도 잘하고 싶다. 단단히 결심하고
컴퓨터 앞에 앉으면 문서프로그램 켜기가 죽기보다 싫
다. 첫 글자를 쓰기까지 너무 오랜 시간이 걸린다. 완성
하고 나서도 무언가 부족하다는 생각, 잘못했다는 생
각이 자꾸 든다.

"무엇이 잘못됐을까요?" 조용히 듣던 선생님이 입을
열었다. "작품에서 잘못된 것은 뭐죠?" 글쎄…… 나는

무엇이 '잘못'되었다고 느낄까? 더 적절한 대사를 쓰지 못했을 때, 더 좋은 장면을 넣지 못했을 때, 이때는 이렇게 썼어야 했는데 하고 뒤늦게 알맞은 장면이 보일 때……. 말하면서 깨달았다. 다 내 욕심이구나. 오후 5시에 하루를 시작해도, 컴퓨터 앞에서 트위터만 해도, 하루에 한 글자도 못 써도, 아무것도 잘못되지 않았다. 그냥 우울증에 걸린 내가 있을 뿐이었다. 형편없어도 나는 나고, 그런 나를 받아들여야 살 수 있다.

선생님은 작업 퀄리티나 생산량은 그 주 컨디션이나 외부 요인에 의해 얼마든지 달라질 수 있다고 강조했다. 맞는 말이다. 인간이 늘 자기 역량의 100퍼센트를 다 발휘하며 살고 있지는 않으니까. 대신 매일 꾸준히 정해진 시간만큼 일하기로 했다. 아무것도 쓰지 못해도 여덟 시간은 앉아 있는다. 반대로 미친 듯이 잘 써져도 여덟 시간이 지나면 칼같이 일어난다.

조금 더 빠르게 집중하기 위해서 김명남 번역가의 시간 관리법을 응용했다. 김명남 번역가는 오랜 시간 번역가로 활동하면서 시간 관리를 잘하기로 유명하다. 그는 트위터에 40분 일하고 20분 쉬는 자신의 작업 루틴을 공유해주었다. 생산성을 높이면서 허리 건강도 지킬 수 있는 서클이었다. 글이 너무 잘 풀릴 때 타이머가 울리면 아쉬웠다. 조금만 더 쓰고 싶은데……. 하지만 그 조금만이 쌓이면 내일 책상 앞에 앉지 못한다. 단호하게 일어나야 한다. 오늘 하루만 일할 게 아니니까. 쉬는 시간에는 주로 집안일을 했다. 이러면 일과 가사의 양립을 훌륭하게 해낼 수 있다. 거실 바닥을 빡빡 닦으면서 생각했다. 이런 게 어른이구나. 내일 일하기 위해 오늘 할 수 있는 만큼만 일할 줄 아는 사람이야말로 진정한 어른이야. 그리고 또 생각했다. 어른 되기 싫다…….

2019년에 『정년이』가 '오늘의 우리만화상'을 받았다. 연재한 지 얼마 되지 않은 시점이어서 생각지도 못한 수상이었다. 수상 후 다른 수상자들과 함께 팟캐스트 녹음을 했다. 한껏 긴장한 상태로 녹음해서 대체 무슨 말을 했는지 가물가물하다. 쓸데없는 개그 욕심이 있어서 분명히 웃기려고 헛소리를 했을 것이다(여담이지만, 내 개그 욕심은 초등학생 시절까지 거슬러 올라간다. 당시

'~한 아이'라는 어린이 교양 만화책 시리즈가 유행했는데, 『웃기는 아이, 웃기지 못하는 아이』였나, 하여튼 그 비슷한 제목의 책도 빌려 읽었다. 다른 사람을 웃기고 싶어서……).

녹음 막바지, 진행자가 앞으로의 목표를 물었다. 나는 재빨리 머릿속으로 원대하고 멋진 꿈을 어떻게 겸양 떨며 말할지 계산했다. 그 순간, 나몬 언니가 특유의 담백한 목소리로 말했다. "완결이요." 아. 나는 왜 저런 멋진 대답을 못하지? 성실한 사람의 성실한 답변은 '허세 걸'을 한없이 부끄럽게 만들었다. 한편으론 언니랑 함께 작업하게 되어 다행이란 생각이 들었다. 그렇게 매일매일 완결만 생각하면서 조금씩 걸었다. 그것으로 충분했다.

문제가 많은 몸인가요

　새 학기를 맞은 여고에서 반장을 뽑는다. 절차에 의거, 민주적인 방식으로 선출된 반장이 축하 박수를 받은 뒤에 가장 먼저 해야 할 일은 무엇일까? 반 친구들 이름 외우기? 청소 당번 정하기? 그것도 아니면 '학교라는 교도소에서 교실이라는 감옥에 갇혀 교복이라는 죄수복을 입고 공부라는 벌을 받는' 나의 동지들을 위해 학벌주의와 청소년 인권침해에 맞서 분연히 일어나 궐기대회 개최하기? 다 너무 좋지만 내가 다닌 여고에서는 '체육대회 준비'였다.

　5월에 있을 체육대회는 당시 우리에게 축제보다 더 중요한 행사였다. 반장은 가장 먼저 반티 후보를 정한다. 이 반티는 다른 학년, 반과 겹치지 않으면서 적당히 예쁘고 교복 셔츠 위에 입어도 편안하며 개성 있어야 한다. 참으로 까다로운 기준이다. 마지막으로 가격의 허들까지 넘은 후보가 반티로 채택된다. 마음에 드는 반티를 입어야 비로소 체육대회로 가는 본격적인 레이스를 시작할 수 있다.

반장은 자신이 뽑힌 뒤 돌아오는 체육 시간에 50미터 달리기 기록을 재야 한다. 체육대회의 꽃, 체육대회의 하이라이트, 반 대항 계주 주자를 짜야 하기 때문이다. 기록을 토대로 주자 순서를 정한다. 대강 체육대회 종목이 정해지는 4월 중순부터는 종목별 연습에 들어간다. 단체 줄넘기, 닭싸움, 발야구, 작전 줄다리기 따위다. 때때로 다른 반에서 승부를 걸어온다. 절대 물러설 수 없다. 이때 다음 과목 선생님을 찾아가 수업을 빼달라고 하소연하는 일도 반장의 몫이다. 강호의 도리가 살아 있고 체육대회를 향한 결기가 느껴지는 한, 선생님은 수업을 빼주신다.

다른 반의 승부 결과도 놓칠 수 없다. 3반이 5반과 계주를 해서 5반이 졌다더라, 4반은 7반이랑 발야구를 했는데 박살이 났다더라, 1반은 단체 줄넘기를 10분 넘게 했다더라 따위의 소문을 수집해야 본 대회의 승부 결과를 예측할 수 있다. 상금 순위권 바깥으로 밀릴 것 같으면 재빨리 응원상을 노려야 하기 때문이다. 5월 초가 되면 운동장은 체육대회를 준비하는 학생들로 북적거렸다. 학생 부장 선생님은 다른 선생님들에게 너무 자주 수업을 빼주지 말라고 당부하고, 체육 부장 선생님은 학생들에게 운동장에 나오지 말라고 방송한다. '여자체육고등학교' 아니냐는 우스갯소리가 돌 정도로 체육대회를 향한 여고생들의 열정은 대단했다.

아쉽게도 이 열정은 체육대회 우승 상금으로 감자탕을 배 터지게 먹고 2차로 노래방에 가서 소녀시대의 〈Gee〉를 열창하고픈 욕망에서 온 것이었다. 체육대회 연습은 수업을 합법적으로 빠질 수 있는 훌륭한 핑곗거리이기도 했다. 그러니까 체육을 향한 열정은 아니었다. 체육대회가 끝나면 친구들은 등나무 벤치에 앉아 수업을 거부했다. 체육 선생님의 허탈한 표정이 아직도 기억난다.

나는 운동이 좋았다. 고등학교 3년 내내 반장이었는

데 체육대회를 준비하면서 운동을 더 좋아하게 됐다. 내가 하는 일 대부분이 그렇듯 사랑과 실력이 비례하지는 않았다. 그래도 욕심만큼은 대단했다. 능력이 없으니 몸으로 때울 수밖에. 무식하게 운동했다. 9초였던 50미터 달리기 기록을 8초로 줄이려고 무작정 뛰거나, 2단 줄넘기를 성공하고 싶어서 세 시간 내내 줄넘기만 하는 식이었다. 점심을 먹으면 윤리 선생님과 자전거 시합을 하고, 저녁을 먹고 나서는 체육관에서 친구들과 배드민턴을 쳤다. 그때 내 몸은 튼튼했다. 딱딱한 의자에 몇 시간이고 앉아 있어도 허리와 엉덩이가 멀쩡했다. 책상에 엎드려 자도 어깨가 개운했고, 넘어져도 좀 쉬면 괜찮았다. 하하, 그랬는데.

대학에 입학하고, 공교육의 중요성을 뼈저리게 느꼈다. 강제로 운동장에 나가야 했던 시기, 새천년 체조를 일주일에 두 번씩 꼭 해야 했던 그때가 가장 튼튼했다. 체육 시간이 사라지자 아무도 내 몸을 일으켜 세워주지 않았다. 심지어 나조차도. 그야 나는 튼튼하니까! 고등학교 내내 쓰러져본 적도, 체육 시간을 힘들어한

적도 없으니까!

데뷔작을 준비하면서 안 그래도 움직임이 없던 몸을 더 움직이지 않게 되었다. 구부정한 자세로 몇 시간 동안 앉아 키보드만 두드려댔다. 쉴 때도 의자에 앉아 쉬었다. 꼼짝도 하지 않고 집에서만 지내다 보니 하루 걸음 수는 100보가 채 되지 않았다. 내 몸은 자만과 함께 서서히 침몰하고 있었다.

마침내 허리는 파업을 선언했다. 하숙집에서 자취방으로 짐을 옮기던 날이었다. 우체국 6호 상자를 호기롭게 들던 나는 허리를 관통하는 날카로운 통증과 함께 상자를 내려놓았다. 직감적으로 알 수 있었다. X됐다. 이건 보통 통증이 아니다. 무언가 확실히, 단단히 그리고 굉장히 잘못됐다. 귓가에 허리의 고함 소리가 들리는 듯했다. "이딴 몸으로는 더 이상 일 못 해! 나에게 근육을 달라! 아니면 무기한 파업이야!"

변론을 좀 해보자면, 운동을 아예 안 하지는 않았다. 행정복지센터에서 요가 수업을 듣고, 집 주변 공원을 돌았다. 자취방에서 요가 수업을 복습하거나 유튜브를 보며 홈트레이닝을 따라 하고 싶었지만 방에는 요가 매트 한 장 깔 자리도 없었다. 바깥으로 고개를 돌렸다. 난 항상 개인 트레이닝을 받고 싶었다. 세 달 정도 수업을 듣고 나면 혼자서 할 수 있지 않을까? 하지만 PT 가격은 너무 비쌌다. 나는 돈도, 그 큰돈을 쓸 용기도 없었다. 대학에서 운영하는 체육관은 작았고 늘 붐볐다. 쭈뼛거리면서 기구에 앉아봤지만 운동이 되는 건지 노는 건지. 그렇게 깔짝거리다가 척추 추간판이 쏙 탈출하고야 만 것이다.

많은 일—스스로 양말을 신을 수 없는 고통, 한 달 뒤로 예정되었던 홋카이도 여행 취소, 앉지 못하지만 마감은 해야 하니 서서 일하기, 밑도 끝도 없는 불안함(흑흑 어떡하지? 다시는 예전처럼 튼튼한 허리로 돌아가지 못할 거야. 평생 누워 지내야 할지도 모른다고!), 병원비와 엄마의 한숨—이 있었다. 허리 디스크란 병은 참 재미있게도 아무것도 하지 않아야 낫는다. 방법이 없다. 그냥 누워 지내야 한다. 물리치료나 도수치료를 받고 눕고…… 20분 이내로 짧게 걷고 다시 눕고…… 의사 선생님이 시킨 슈퍼맨 자세 좀 하다 또 눕고…… 나는 누워서 그동안 내가 얼마나 허리에게 못된 짓을 했나 반성했다.

아무것도 안 하고 반성하자니 심심했다. 이사를 막 마친 자취방으로 필요한 가구들이 배송되고 있었다. 누운 채로 철제 서랍장을 조립하면서 반성했다(별로 반성하는 태도는 아니라는 건 안다). 제발 다시 일해줘. 내가 잘할게. 달라는 거 다 줄게. 근육도 닭가슴살도, 50분 앉았으면 일어나서 10분 스트레칭도.

나는 열심히 허리를 어르고 달래 영화관에서 통증 없이 영화 한 편 볼 수 있는 상태로 만들었다. 허리가 파업을 선언하고 1년 후의 일이었다. 의사 선생님이 이제 운동을 해도 된다며 필라테스를 추천해주었다. 마침 필라테스 학원이 우후죽순 생기던 시기였다. 집 근처에도 그룹 수업을 진행하는 학원이 있었다. 주저 없이 찾아갔다.

필라테스 선생님은 등록하러 온 내 몸을 눕히고 세우고 접고 엎드리게 하더니 심각한 표정을 지었다. "문제가 많은 몸인가요?" 내가 물었고, "더 심각한 분도 많아요." 선생님이 말했다. 그렇다고 내 몸이 심각하지 않다는 뜻은 아니겠지만 선생님을 믿고 따르기로 마음먹었다.

첫 수업은 어떻게 받았는지 기억도 안 난다. 리포머, 바렐, 체어…… 낯선 기구들과의 만남도 어색했지만, 무엇보다도 다른 사람들이 너무 신경 쓰였다! 내가 이렇게 남들 눈치를 보는 사람이었다니. 옆 사람이 어떻게 움직이는지, 허우적거리는 내 모습이 우스꽝스러워 보이지는 않을지 너무너무 신경 쓰였다. 운동은 또 왜 그렇게 어려운지! 근육이 빠진 내 등은 기립근 하나 없이 매끈했다. 등도 배도 허벅지도 선생님의 카운트를 버티지 못했다. 첫 3주는 운동을 마치고 돌아와 잤다. 내 의지가 아니었다. 기력이 달려서 심장이 허했다. 침대로 꾸물꾸물 기어들어 가 이불을 덮고 웅크려 혼곤히 잠들었다.

사다리처럼 생긴 기구를 이용한 운동이 특히 나를 괴롭혔다. 복근이 하나도 없어서 버티기 힘들었다. 다른 수강생들이 척척 자세를 해내는 동안 매트에 누워 호흡을 가다듬었다. 몸은 물렁물렁해졌지만 여자체육고등학교 3년 반장을 지낸 자존심은 여전히 굳건했다. 조금만 더 버틸걸. 남들 눈이고 뭐고 버텨서 해낼걸. 결국 달리기 기록도 8초로 줄이고 2단 줄넘기도 성공했었는데 이게 뭐람. 자존심이 상해서 견딜 수가 없었다. 오기가 생겼다. 잘하고 싶었다.

하여튼 나는 욕심이 많아서 문제다. 추간판이 쏘옥 삐져나와 제대로 앉지도 못했던 사람이 무슨 운동 자존심을 부린단 말인가. 재수 없으면 그러다가 허리가 2차 파업을 할 수도 있었다. 다행히도 허리는 내 반성을 진지하게 받아들인 것 같았다. 필라테스를 시작하고 3개월쯤 되니 통증이 사라졌다. 늘 결리던 어깨도, 왼쪽 다리를 타고 흐르던 방사통도 희미해졌다. 눈물 나게 감사했다. 통증은 사람을 쪼그라뜨린다. 그 전에는 여행을 가고 싶어도, 친구들과 만나서 놀고 싶어도 허리가 아플까 봐 주저했다. 따릉이를 타고 한강을 누빈 후에는 예상치 못한 허리 통증 때문에 잠들지 못하기도 했다. 필라테스를 시작하고 조금씩 통증으로 빼앗긴 자유를 찾아왔다.

운동을 하면 아무 생각이 들지 않는다. 초반에는 내가 올바른 자세를 잡고 있나, 근육을 제대로 쓰고 있나 신경이 쓰였다. 대강 몸에 익은 뒤부터는 호흡과 근육 자체에 집중하게 됐다. 허벅지와 엉덩이 근육에 힘을 주고 체어를 오르내리면 나를 괴롭히던 문제들—돈, 우리는 왜 태어났을까, 마감, 어제 술 마시고 들어와 거실을 난장판으로 만들고 잠든 미미—은 아무 의미가 없어진다. 열두 개 한 세트를 골반 흐트러짐 없이 똑바로 해내는 것만이 인생 최대의 과제가 된다. 마지막 동작을 해내고 발이 바닥에 닿으면 성취감에 가슴이 터질 것 같다. 어제의 나는 형편없는 작가였을지 몰라도 오늘의 나는 무사히 내 몸을 감당한 멋쟁이인 것이다. 필라테스를 하면서 오그라든 어깨와 가슴뿐만 아니라 마음까지 쫙쫙 펴졌다. 나는 약 지어 먹듯 수업에 나갔다. 다른 게 아니라 내게는 필라테스가 생존 운동이었다.

요즘은 헬스를 다닌다. 드디어 내게 PT 비용을 결제할 만한 능력과 용기가 생긴 것이다. 필라테스가 근육의 수축과 이완을 실감하는 게 재미있다면 헬스는 무게를 드는 재미가 있다. 무거워서 쩔쩔매던 무게를 여전히 쩔쩔매면서도 들어 올릴 때 그렇게 짜릿하다. 얼마 전 트레이너님이 어떤 작가분이 새로 등록했다고 알려주었다. 요즘 작가들이 그렇게 많이 온다면서. "작가들은 운동을 안 하면 죽어요." 농담이라고 생각했는지 트레이너님은 깔깔 웃었지만 나는 진지했다. 새 학기를 맞은 반장만큼이나.

성공한 작가?

"어린 나이에 성공하셨잖아요." 어느 인터뷰였더라. 우울증과 술의 훌륭한 컬래버레이션 덕에 기억력이 좋지 않다. 인터뷰어도 매체도 잊었다. 하지만 '성공한 작가'. 그 말만큼은 잊히지 않고 두고두고 떠올랐다. 성공과 작가가 붙어 있다니. 어색하다. 내가 성공한 작가라는 건 더 어색하다. 성공이란 대체 뭘까. 물론 인사치레에 불과한 말이고 나도 '아이고 아닙니다. 감사합니다' 정도로 답변하면 된다는 걸 아는데…… 일주일에 하루만이라도 쉬고 싶다는 작가들의 절규를 듣는다면 웹툰 작가와 성공은 도저히 연결 짓기 어렵다. 이날 인터뷰는 『정년이』와 관련된 것이었지만 나몬 언니는 자리에 없었다. 자주 있는 일이다. 연재 중인 그림작가는 외출이 거의 불가능하니까.

모든 불행은 주간 연재라는 (악마의) 시스템에서 태어났다. 당장 웹툰 플랫폼에 들어가면 '토요웹툰'과 '일요웹툰' 탭이 있다. 하루도 빠짐없이 어떤 웹툰이라도 올라오고 있는 것이다.

웹툰작가 한 명이 일주일에 한 편 연재한다고 가정하면 주오일제 근무처럼 일할 수 있을 거라 생각할지도 모르겠다. 아니, 웹툰작가는 좀처럼 쉬지 못한다. '2023 웹툰 사업체 실태조사'에 따르면 국내 웹툰작가는 일주일에 5.8일 일한다. 하루 평균 노동 시간은 9.5시간이다. 손이 느린 작가와 빠른 작가 사이에 편차가 있겠지만, 창작 시간 외에 자료를 찾거나 작품을 기획하는 시간 등을 고려하면 일주일 내내 일하는 것이나 마찬가지다. 실제 내 주변 작가 대부분이 일주일에 7일을 일했다. 마감을 앞둔 날이면 밤을 새워가며 작업하기 일쑤였다. 매주 올라오는 최소 50~60컷 풀컬러 웹툰 한 편은 작가가 꼬박 일주일을 쉬지 않고 일해야 만들 수 있다. 여기에 공포스러운 사실을 추가하자면, 웹툰은 설과 추석 같은 명절은 물론이고 수많은 공휴일, 빨간날에도 어김없이 올라온다. 쓰다 보니 눈물이 나네…….

이렇게 자는 시간, 먹는 시간을 빼고 그림만 그리다 보면 당연히 몸이 아프다. 그러나 휴재는 쉽지 않다. 웹툰작가의 수입은 대부분 유료 결제에 달려 있다. 유료 회차가 줄어들면 그만큼 수익도 줄어든다. 주간 요일 연재를 하는 경우, 작가 사정으로 휴재를 하면 유료 회차 수가 줄어든다. 3회분의 유료 회차를 걸고 주간 연재를 하던 작가가 한 주 휴재한다고 해보자. 그 주에 유료에서 무료로 전환되어야 하는 회차는 정상적으로 전환되고, 새로 올라와야 하는 유료 회차는 쉬어간다. 작가가 보유한 유료 회차는 2회분이 된다. 몸이 아파 쉬었더니 수입의 3분의 1이 줄어드는 격이다.

스토리작가는 한 작품에 길게는 1년 정도 준비 시간을 들인다. 작품에 필요한 자료 수집부터 구체적인 트리트먼트를 짜는 데 걸리는 시간이다. 52화 분량의 장편 웹툰에 열 장 정도의 트리트먼트가 나오는 것 같다. 작품을 준비한다고 누가 돈을 주는 건 아니라서, 차기작을 준비할 때면 늘 아르바이트를 했다.

대신 연재에 들어가면 스토리작가는 상대적으로 그림작가보다 여유롭다. 아무래도 한 화를 쓰는 것과 그리는 데 들어가는 절대적인 노동시간은 차이가 날 수밖에 없다. 그림작가님들은 동업자이기 이전에 소중한 친구이기도 하다. 연재를 시작하면 정말 힘들어한다. 지켜보는 내가 다 미안할 지경이다. 콘티와 작화 파일에 수정할 부분이라도 생기면 광화문광장에서 석고대죄를 올리고 싶은 마음이다. "수정할 필요 없는 완벽한 대본을 만들었어야 하는데 그러지 못해 죄송합니다!"

하지만 불행히도 어떤 연출은 콘티로 나와야만 좋은지 나쁜지 판단할 수 있다. 형편없는 작품을 만들고 싶은 작가는 없다. 수정하면 더 좋은 작품이 될 수 있다는 것을 알지만 하루에 다섯 시간도 못 자고 그리는 그림작가님을 생각하면 눈 딱 감고 외면하고 싶다.

상황이 이렇다 보니 나와 동료들은 모였다 하면 조

금이라도 더 쉴 시간을 확보하면서 작품을 연재할 방법을 궁리했다. 사람이 살긴 살아야지. 살아야 작품을 그릴 것 아닌가.

제일 먼저 떠오른 것은 역시 (악마의) 주간 연재를 피하는 방법이다. 『강철의 연금술사』가 연재되었던 만화잡지 〈월간 소년 간간〉이나 이치카와 하루코의 『보석의 나라』가 연재되었던 잡지가 월간 간행물이었다. 한국에서도 2주에 한 번 연재나 3주 연재 후 한 주 쉬어가는 형태의 연재 방식이 어느 플랫폼에선가 실행됐던 것으로 기억한다. 보편적인 연재 형태로 자리 잡지 않은 것을 보니 주간 연재의 아성을 위협하지는 못한 모양이다. 일본의 월간 만화잡지도 주간지에 비해 주목도는 높지 않았다. 하루에도 셀 수 없을 정도의 작품이 쏟아지는 지금처럼 많은 작품이 경쟁에 놓여 있는 상황에서는 선뜻 선택하기 어려운 연재 형태다.

나몬 언니는 최대한 많은 회차를 미리 만들어놓고 시작하는 방법을 떠올렸다. 미리 작품을 만들어두는 것을 '세이브 회차를 쌓는다'라고 표현한다. 보통 연재에 들어가기 전 10화 정도 세이브를 쌓는다. 요즘은 작품을 론칭하면 1화를 무료로 오픈하고 5화 분량을 유료 회차로 건다. 그러면 4화의 세이브가 생긴다. 무슨 일이 생겨 주간 마감을 맞추지 못해도 세이브 회차가 있으면 걱정이 없다.

하지만 주간 마감은 일종의 차력 쇼에 가깝기 때문에 차력사가 아닌 평범한 웹툰작가들은 세이브를 뭉텅 뭉텅 깎아 먹는다. 연재 후반부에 들어가면 세이브 회차는 없다. 이때부터 아슬아슬하고 피 말리는 '진짜' 주간 마감이 시작된다. 담당 PD님의 조심스러운 메시지―'작가님 파일이 아직 안 왔어요ㅠㅠ'―와 시시각각 줄어드는 시간, 감감무소식인 그림작가님 그리고 그 사이에 낀 나(그냥 이번 주 펑크 내자. 그래도 괜찮다고 생각해).

전체 52화를 기준으로 30화 정도를 미리 만들고 연재에 들어간다면 완결까지 제법 여유로울 것 같다. 그림작가도 편하게 작업할 수 있고, 수정 사항이 발생해도 비교적 의견을 조율할 시간이 있으니 전체적인 작품 완성도도 올라갈 것이다.

문제는 (당연히) 돈이다. 작품 계약을 하면 플랫폼 측에서는 보통 빨리 연재에 들어가길 원한다. 그건 작가도 마찬가지다. 연재를 시작하지 않으면 돈을 못 번다. 작품을 준비하고 세이브 회차를 만드는 동안 작가는 수입 없는 노동을 하고 있는 셈이다. 준비 기간에는 어찌저찌 다른 일로 생계를 꾸린대도, 세이브를 쌓기 시작하면 온종일 작업에만 매달려야 한다. 세이브 30화는 다른 수입이 없다면 현실적으로 어렵다. 당장 결과를 보여야 하는 신인 작가 입장에서는 더더욱 어려운 일이다.

여기까지 생각하고 생각하길 멈췄다. 더 해봤자 소용없어 보였다. 적어도 개인 차원에서는 그랬다. 뭘 더 할 수 있겠는가.

2024년 6월 13일 문화체육관광부는 '만화·웹툰 분야 표준계약서 개정안'과 신규 제정안을 내놨다. 50화를 연재하면 2회 휴재할 수 있는 권리를 보장한 개정안이다. 주변 작가들 이야기를 들어보면 25화 연재 후 휴재권이 하나 생긴다는 모양이다. 작가들이 조금이라도 더 쉴 수 있게 되어 다행이다. 연재하면서 잘 먹고 푹 잔 작가가 좋은 작품도 만들 수 있다고 믿는다. 마찬가지로 연재 중에 잘 먹고 푹 자는 작가야말로 성공한 작가 같다. 나도 빨리 성공한 작가가 되어야 할 텐데. 아직은 요원한 일로 보인다.

미안해 널 미워해

오사카 우메다에서 한큐 급행열차를 타고 한 시간 정도 달리면 다카라즈카역에 도착한다. 역 앞에는 잘 가꾼 아기자기한 길과 부드러운 아이보리색 건물이 늘어서 있다. 한큐전철 창업자 고바야시 이치조와 멋진 배우들의 동상이 있는 곳. 바로 다카라즈카 가극단 대극장이다.

다카라즈카 가극단은 1913년 고바야시 이치조가 다카라즈카 지역의 활성화를 위해 만들었다. 2년제 음악학교에서 단원이 될 학생들을 길러내고 졸업과 동시에 가극단에 입단시킨다. 이 가극단의 특별한 점은 모든 배역을 여자가 연기한다는 사실이다.

어, 이거 어디서 많이 봤는데? 맞다. 여성국극과 비슷하다. 우리 기억 속에서 점점 잊혀간 여성국극과 다르게 다카라즈카 가극단은 창설되고 100년이 지난 지금까지 큰 인기를 끌고 있다. 할머니, 엄마, 딸 삼대에 걸쳐 다카라즈카를 관람하러 오는 팬들도 있을 정도다.

극단에서 가장 인기가 많은 사람은 역시 남역 배우다. 가극단은 다섯 개의 조로 나뉘는데, 각 조마다 최상위 인기를 구가하는 남역 배우를 '톱배우'라고 부른다. 이들의 파트너는 톱 여역이다. 다카라즈카는 이 톱 커플, 특히 톱배우 위주로 굴러간다. 올리는 극은 물론 기념품점의 굿즈, 식당 메뉴까지 톱배우 커플과 관련되지 않은 것이 없다.

『정년이』를 준비하면서 나몬 언니와 다카라즈카 가극단 공연을 보러 다녀왔다. 우리가 본 극은 일본 전통극이었다. 내 일본어 수준은 평범한 오타쿠에 조금 못 미치는 정도로 '세상을 지키겠다'는 말은 할 줄 알지만 '일본어는 잘 못합니다'라는 말은 못한다. 옛 일본 말씨에 간사이 사투리까지 섞인 대사는 도저히 알아들을 수 없었다. 다행히 연기는 언어에만 기대는 예술은 아니다. 몸짓과 목소리, 별을 담은 듯 반짝이는 배우들의 눈동자와 고된 훈련으로 단련되었을 표정은 언어보다 빠르게 와닿았다.

대극장 내 식당은 그때그때 올리는 공연 속 두 주연 인물과 배우를 모티브로 만든 메뉴를 선보인다. 식사 시간이 지나 식당은 조용했다. 잔잔하게 흐르는 하천이 훤히 보이는 자리에 앉아, 우리는 낯선 일본 전통식을 먹었다. 먹으면서 전성기 여성국극 무대는 어떤 형태였을지, 만약 다카라즈카 가극단과 비슷한 형태였다면 윤정년은 어디쯤에서 공연하고 있을지 대화를 나눴다. 아마도 맨 뒤, 파도를 표현한 무대장치 바로 앞에서 춤추던 하인 정도였겠지? 자연스럽게 『정년이』가 극 형태로 무대에 오르면 얼마나 좋을까로 화두가 옮겨 갔다. 무대 위에서 움직이고 춤추고 소리하는 윤정년을 볼 수 있다면 진짜 좋겠다!

그런데 진짜로 그 일이 일어났다. 국립창극단에서 『정년이』를 창극으로 제작하고 싶다고 연락이 온 것이

다. 연출가님을 뵙고, 극본을 보고, 리허설에 다녀오고
도 실감이 안 났다. 꼭 내 작품이 아닌 것 같았다.

초연일에는 정신이 하나도 없었다. 첫 공연부터 와
준 친구들, 가족들, 관계자분들과 인사를 나누고 나니
공연 시작 5분 전이었다. 달오름극장의 아담하고 포근
한 의자 위에 앉자 조명이 스르륵 꺼졌다. 노랫소리와
함께 푸르스름한 불빛 아래 매란국극단 단원들의 실루
엣이 드러났다. 심장이 두근거렸다. 와, 이거 진짜구나.
진짜였어. 진짜 진짜였어. 이게 되네.

문제는 예상하지 못한 곳에서 튀어나왔다. 대본은
대부분 창극에 알맞은 형태로 이야기와 대사가 새로
쓰였다. 그런데 어쩐 일인지 웹툰 대사를 그대로 살려
쓴 부분이 있었다. 윤정년이 웹툰과 똑같은 대사를 내
뱉은 순간, 나는 눈을 질끈 감았다. 부끄러워서 죽을 것
같았다! 귀 끝까지 뜨끈뜨끈해졌다. 노파심에 하는 말
이지만 제작진은 아무 잘못도 안 했다. 오히려 원작 작
가로서, 보여주신 존중에 감사할 일이다. 이 부끄러움
은 처음부터 끝까지 오직 나 자신의 문제다. 하여튼 이
때 나는 내 발밑이 조용히 푹 꺼지길 1초간 진심으로

바랐다. 할 수 있다면 의자 아래로, 쥐구멍이 있다면 쥐를 내쫓고 숨고 싶었다. 부끄러웠다…… 부끄러워죽을 뻔했다!

1999년 9월, 일본 NHK 다큐멘터리 시리즈 〈과외수업에 어서 와요, 선배!課外授業へようこそ、先輩!〉에 애니메이션 감독 안노 히데아키가 출연했다. 〈과외수업에 어서 와요, 선배!〉는 각 분야에서 일본을 대표하는 사람들이 모교를 방문해 전문 분야를 체험하도록 돕거나 자신이 걸어온 길을 설명하는 프로그램이다. 모교는 원칙적으로 초등학교를 방문한다.

안노 히데아키 역시 자신이 다녔던 초등학교를 찾아간다. 학생들이 얼마나 신났을까? 지금까지도 명작으로 회자되는 〈신세기 에반게리온〉인데 1999년 당시라면 엄청난 인기였을 테다(그런데 초등학생…… 초등학생이 봐도 괜찮나?). 학생들은 선망의 눈빛으로 안노를 바라본다. 질문 시간, 한 학생이 안노에게 묻는다. "직접 만드신 애니메이션을 좋아하나요?" 더벅머리에 다소 침울한 표정을 한 안노는 이렇게 답한다.

안노: 좋아하냐고 물어보면 좋아하긴 하는데 싫어하는 부분도 꽤 있습니다.

학생: 어떤 부분을 싫어하시나요?

안노: '내'가 보이는 부분들?

*

안노: (사후 인터뷰에서 제작진을 보고) 스스로를 좋아할 수 없어요. 자신을 싫어하는 사람은 스스로의 이상이 높기 때문이라고 많이들 말하는데 그렇게 말하는 건 그런 고통을 잘 모르는 사람들이기 때문이라 생각합니다.

2015년부터 지금까지 장편 웹툰은 네 작품 썼다. 그 중 처음부터 끝까지 다시 읽은 작품은 한 작품도 없다. 도저히 다시 볼 용기가 나지 않는다. 내가 이런 생각을 했다고? 이런 대사를 썼다고? 너무…… 형편없지 않은가!

누가 와서 악플 테러를 한 것도 아니고(테러를 했을 수는 있겠다. 댓글을 안 봐서 모른다). 담당자나 동업자가 '당신 글은 최악이네요'라고 평한 적도 없다. 나의 동업자들은 너무도 인격자들이어서 내 글이 최악이라고 생각하더라도 '이렇게 바꾸면 차악이 될 수 있을 것 같아요'라고 말해줄 이들이다.

오히려 그림작가에게 늘 미안하고 감사하다. 나는 그림이라면 선 하나 제대로 그을 줄 모르는 사람이다. 내 글을 읽고 그림으로 그려주다니. 그것만으로도 벅찬 일이다. 작화 파일이 오면 심장이 너무 두근거려서 열기 전에 심호흡을 했다. 파일을 다운로드받고 잠시 거실에 나가 있다가, 다시 압축을 풀고 딴짓을 하고, 다시 그림파일을 열어놓고 고양이를 백번 쓰다듬고 오는 식이다. 한 화 파일을 다 보고 나면 기진맥진하다. 정말 좋고 죄송했다. 어떤 작품이든 1화 파일을 보고 나면 항상 눈물이 찔끔 난다. 감동적이고 부끄러워서. 그림을 입고 더 번듯해져 떠들고 있는 '내'가 너무너무 부끄러워서.

이런 감정은 잘 이해받지 못한다. 안노가 만난 사람들처럼 다들 "네가 욕심이 많아서 그렇다"고 말한다. 나도 그런 줄 알았다. 거장은 필시 자기 작품을 부끄러워하지 않는 경지에 오른 사람일 것이다. 언젠가 내가 톨스토이나 어슐러 르 귄처럼 천재적인 작가가 되면,

244

그래서 누가 봐도 완벽한 작품을 만들어내면 부끄럽지 않을 거라고 믿는다.

지금까지는 오직 안노 히데아키만이, 1999년의 안노 히데아키만이 내가 느끼는 감정과 비슷한 감정을 설명했다. 그래, 나도 내 작품을 좋아하긴 한다. 아냐, 좋아하나? '좋아한다'와 '안 좋아한다', '싫어한다' 같은 말로 감정을 정리하기는 미묘하다. 결국 안노와 비슷한 답을 할 수밖에 없다. 좋아할 만한 부분들이 분명히 있을 것이다. 그렇지 않았다면 이 냉정한 자본주의사회에서 누구도 내 작품에 돈을 쓰지 않았겠지. 하지만 대체로 싫고 부끄럽다. 내 작품은 나이기도 하기에. 나는 내가 고통스럽다. 영원히 그럴 것 같기도 하다.

감사하게도 『정년이』 드라마 촬영장에 초대받았다. 3월 초였다. 내내 따뜻하던 기온이 그날은 뚝 떨어졌다. 촬영장은 파주 헤이리 근처였다. 어쩐지 북쪽으로 간 만큼 더 추워진 느낌이었다. 나와 나몬 언니는 찬바람을 뚫고 공장 같은 거대한 세트장 건물로 힘겹게 걸어갔다.

다행히 실내 세트장은 따뜻했다. 바쁜 와중에도 모두 반갑게 맞아주셨다. 당일 촬영이 없었던 세트장을 먼저 구경했다. 단장실, 연구생 방, 대연습실 같은 국극단 숙소부터 방송국 사무실, 파스텔 다방, 옥경이와 혜랑이의 집까지. 지금 당장 짐 싸 들고 들어가서 살아도 될 정도로 완벽한 세트였다. 대체 그렇게 오래된 소품들은 다 어디서 가져온 걸까? 소품에는 응당 시간이 새겨났어야 하는 손때까지 정교하게 재현되어 있었다.

아름답기는 또 어쩜 그렇게 아름다운지! 꽃무늬가 새겨진 간유리를 손끝으로 매만져보고 그만 정신을 잃을 뻔했다. 파스텔 다방은 요즘 연남동에서 볼 수 있는 빈티지 콘셉트 카페로 열고 싶을 만큼 예뻤다. 이 완벽한 세트가 촬영이 끝나면 다 부서진다니. 돈이 있었다면 땅도 사고 건물도 지어서 영원히 보관했을 것이다.

다른 세트장에서는 촬영이 한창이었다. 드라마는 한 장면을 여러 각도에서 몇 번씩 촬영한다는 걸 처음 알았다. NG가 나지 않아도 배우들은 같은 장면을 반복 연기한다. 어색함 없이 장면이 편집되려면 고른 연기력과 기억력이 필요해 보였다.

촬영 화면은 커다란 모니터를 통해 볼 수 있었다. 정지인 감독님의 아름다운 연출과 배우들의 연기, 여러 스태프분들의 노고로 빚은 영상은 내 작품 같지 않았다. 우리는 오후 늦도록 지루한 줄도 모르고 촬영을 지켜봤다.

돌아가는 길, 나몬 언니에게 첫 방송을 같이 보자고 했다. 언니는 새 작품 론칭을 앞두고 있었다. 연재에 들어간 웹툰작가는 뒤주에 갇힌 생산적인 사도세자나 마찬가지다. 우리는 헐겁게 약속을 잡았다. 그런데 생각해보니 내가 더 문제였다. 나는 과연 부끄러움에 지지 않고 드라마를 끝까지 볼 수 있을까? 아직 자신은 없다.